明
室
Lucida

照亮阅读的人

Den ärliga bedragaren

真诚的骗子

Tove Jansson

[芬兰]托芙·扬松 著
王梦达 译

北京联合出版公司
Beijing United Publishing Co.,Ltd.

献给玛雅

序

狗、弟弟和船。命名。

托芙·扬松从不吝啬。她虽然惜字如金，但为人总是慷慨大方。在 1982 年出版的小说《真诚的骗子》中，她毫无保留地展示出所有的才华，光是书名就已经足够夺人眼球。它充满了紧张、矛盾和悬念。如果将故事本身比作广阔的海洋，那么在尚未潜入这片书海之时，我就已经被深深吸引住了。尽管故事背景的范围远不及海洋宽广，但故事本身拥有着和大海一般的特质：开放性的情节中暗藏玄机，其中暗流涌动，人们极力遮掩的谎言和亦真亦假的事实，形成一个个深渊和漩涡。

通常意义上说，诚实和欺骗这两个概念是被严格区分开来的，但在“真诚的骗子”这一书名里，它们被巧妙地拼凑在了一起，这一点令我意外且着迷。由此我们立刻可以判断出，故事情节将会在两个极端之间不断游移拉扯。扬松以艺术家的声呐探入海底，探究真相和谎言之间的关系，倾听两者存在的前提条件，一旦我们内心的水域遭受过多污染，她还能敏锐捕捉到我们因生活中的谎言而导致的缺氧现象。

底线。

我们的底线究竟是什么？是活生生的，还是死沉沉的？

出于一名学者的职业道德，托芙·扬松选择将研究成果公之于众，毫不回避。

扬松从不显得理所当然，让人感到乏味，她对无关紧要的事毫无兴趣，而这正是她的魅力所在，也是她身上令人瞩目的美好品质。诚实地说，这本书的阅读体验并不令人愉快——我感到浑身不适，我的心灵，仿佛因为书中主人公的阴暗行为而受到了玷污。但从另一个角度来看，《真诚的骗子》一书无异于一种宣泄，它以自己的方式演绎了一出古典戏剧。虽然没有人真正死去，但他们身边很多的东西都已经事实性死亡。其中不仅包括生活中的谎言，还有必要的梦想。

易卜生曾在《野鸭》中写道："如果我们剥夺了

普通人的生命谎言，那么我们就剥夺了他的幸福。”这部挪威剧作和扬松的小说有着异曲同工之妙。在易卜生的另一部作品中也能看出《真诚的骗子》的影子。他在《布朗德》里说：“你是完整的你，而非零碎分裂的你。”

这句话，完全可以当作小说主人公之一卡特丽的座右铭。这种近乎决绝的生活态度，造就了她顽固不化、毫不妥协的姿态。从长远来看，这种残酷性不仅仅影响到她身边的人——小说中另一位主人公，画家安娜——而且对卡特丽本人造成了最为严重、最具毁灭性的打击。

在战争和爱中，人们可以采取一切手段。随着剧情的推进，卡特丽和安娜也在发生变化。她们不愿看见对方的改变，同时也因为自己的变化而感到恐惧。卡特丽算不清数字，安娜读不进书、画不了画。她被花兔子用毛茸茸的长耳朵勒住了脖子。那些花兔子曾是她的朋友，也是她的标志。不过故事的结局并不算黑暗，确切地说，是一种我不敢奢望的光明。

最后取得胜利的是劳动，是创造。

大海的新鲜咸水与停滞、封闭的淡水交汇——

在《真诚的骗子》一书中，托芙·扬松将我引入大多数人生活的半咸水之中，疾病与健康交替出现，谎言与真相并存而生，任何人都无法独善其身。

美丽的大海。

还有马茨和他的船。

马茨看似是个次要人物，实则不然。马茨是卡特丽的弟弟，在故事情节的发展中起到了催化剂的作用。他是个怪咖。他把心中的线条，画在了梦想中的草稿里。安娜看到了：

> “那个线条非常优美。”
>
> “它就是所谓的船体型线。”马茨说。
>
> 安娜点点头。“这是一个很好的词。你想过吗，这些枯燥的专有名词，是如此优美而切合实际？包括职业术语、工具的名称，还有颜色的名词。”
>
> 马茨冲安娜微微一笑。在一次又一次的绘画中，她能感觉到这些线条以克制和韧性，逐渐形成最终的曲线。突然间，她第一次捕捉到从门廊拂过的微风，它呈现出和设计图一模一样的弧线。她说：“我猜，你的船一定很美。”

卡特丽算是个局外人。无论在设计或文学上，她同安娜和马茨都没有共同语言。不妨这么形容卡特丽吧，她或许算得上聪明，但绝不是天赋异禀型的人物。此外，她非常冷漠，内心孤独。

怪咖马茨是唯一一个不撒谎的人，他始终忠于自我，自由自在地活着。

“他非常幸福。房间里没有一样多余的东西。”

在托芙·扬松的小说里，类似的人物恐怕再无其他。

新版《真诚的骗子》一经推出，立刻受到广泛欢迎。对于简单而危险的所谓真理，小说进行了尖锐的批判，因此具有很强的现实意义。这不禁让我们联想到，自从年轻时期，托芙·扬松就对这种倾向表现出旗帜鲜明的反对态度，她曾在杂志《加尔姆》中通过漫画和文字的形式，多次对优越感进行讽刺描写。在她的职业生涯中，她始终不变初心。

卡特丽转过身来。“服从？”她说，“你根本不知道这两个字代表了什么。它意味着对一个人的信任，从一而终遵从他的指令。它是一种信仰，是从责任中解放。它也是极简主义的体现。你知道自己必须要完成的任务，因为拥有唯一的信仰，所以感到安心，感到平静。”

“唯一！”安娜脱口而出，“真是一番慷慨激昂的演讲！可我为什么要服从你？”

卡特丽冷冰冰地答道：“我以为我们在说狗的事。”

狗是一条德国牧羊犬。在小说开头，它被比喻成一头狼，一头服从于卡特丽的狼。当时它还没有名字。后来，安娜给它起了个名字：泰迪！她瞒着卡特丽，偷偷训练狗捡东西，这无异于一种反抗行为，确切说，是若干可能的反抗行为中的一个。

在各种极端民族主义运动和民粹右翼运动风起云涌的时代，托芙·扬松一直在用文字提醒我们，这个世界属于我们所有人。所有的颜色，所有的形状，所有或明或暗或出于灰色地带的一切，都具有其复杂性。换言之，世界本就不该是简单的，而是孕育于多样性之中。而我们的任务，就是学会在有限的范围内生活，与环境所赋予我们的一切共存。耐心地去寻找线条、船体型线和弧线。

安娜静静坐着，等待着晨雾慢慢掠过森林。她需要彻底的静谧。阳光一寸寸扩散开来，笼罩过大地，水汽氤氲，天色渐明，万物复苏。很难想象，那些花兔子曾如此肆意地惊扰过这片土地。

苏珊娜·林格尔

1

这是一个阴沉沉的冬日清晨，雪还在下，和平时并无两样。村里黑漆漆的，一扇窗户都还没亮。卡特丽遮住灯光，生怕弄醒熟睡的弟弟。屋里冷冰冰的，她煮了壶咖啡，将保温瓶放在弟弟的床边。门边趴着的大狗，将鼻头埋在两只爪子间，直勾勾盯着她，盼着能和她一起出门遛弯。

沿海一带，降雪已经持续了一个多月。在人们的记忆中，已经很久没下过这么大的雪了。门口和窗台都积起了厚厚的雪，屋顶也被沉甸甸的雪压着，但雪一刻都不曾停歇。扫雪车刚开过，人行道上就又积起了一层。因为严寒，船坞的工作也彻底停滞下来。大家都起得很晚，因为早晨的概念已经不复存在。整个村庄万籁俱寂，家家户户的雪地间也找不到任何脚印或足迹。孩子们的出现打破了沉寂。他们挖掘雪洞和雪道，尖叫着，嬉闹着，完全沉浸在自己的世界之中。大人们告诫过他们，不许朝卡特丽·克林的窗户上扔雪球，可这些嘱咐早被孩子们当作耳旁风。卡特丽就住在杂货店上面的阁楼里，和她同住的还有弟弟马茨，以及一条没有名字的大狗。卡特丽习惯带着狗在破晓前出门，沿着村里的街道一直走到灯塔，每天早晨都是如此。人们渐渐从睡梦中醒来，纷纷议论说，雪还在下，卡特丽又带着狗出门了，她还是穿着那件狼皮领子的大衣。不给狗起名字这点是挺怪的，所有的狗都应该有属于自己的名字才是。

人们都说，卡特丽·克林真正关心的就两样东西：数字和她的弟弟。大家一直很好奇，她打哪儿遗传的那双黄色眼睛。马茨的眼睛和母亲的一样，蓝幽幽的，至于他们父亲的模样，谁都记不清了。他不是本地人，若干年前的某一天，他坚持要孤身北上购买木材，这一去就再没回来。反正对这里的居民来说，人人都应该有一双或浅或深的蓝眼睛，可是卡特丽的眼睛却像狗的一样黄黄的。打量周围的环境时，卡特丽总习惯将眼睛眯成一条缝，所以大家也很难看清她眼睛真正的颜色，那是一种灰黄的色调。卡特丽生性多疑，一旦有所警惕，她会立刻瞪大眼睛直视对方，那时她的眼睛呈现出纯粹的黄色，给人一种强烈的不安全感。在村里人看来，除了她的弟弟，她从他六岁起就照顾和保护的弟弟，卡特丽对谁都不信任、不关心，这一点让人们对她敬而远之。另一个事实是，谁都没见过她家的那条大狗高高兴兴地摇过尾巴。无论是这个叫克林的女人还是她的狗，都不曾接受过任何人的善意。

母亲去世后，卡特丽就接管起杂货店打杂的活，还顺便帮忙算账。她为人非常精明。十月的时候，她突然提出要辞职。大家都猜测，杂货店老板其实很想让她搬出去住，只是不敢明说而已。对于男孩马茨，大家倒没什么意见。他只有十五岁，比姐姐整整小了十岁。他身材高大壮硕，天性单纯，没什么心眼。他一直在村里打零工，不过大多数时间里，他都去利耶贝里兄弟的船坞帮忙，当然，那是在船坞还没因为严寒停工的时候。利耶贝里兄弟总是给他指派一些无关紧要的琐碎事务。

由于赚不到什么钱，韦斯特村的人们很早就放弃了捕鱼的营生。村里一共有三家船坞，冬季来临前，这些船坞都会对船只进行例行检查和维护。其中生意最好的这家就是利耶贝里兄弟开的。利耶贝里家共有兄弟四人，都还没结婚。大哥名叫爱德华，专门负责为船只设计图纸。此外，他还会开着货车去城里采购，沿途帮忙配送。货车是杂货店老板的，这也是村里唯一一辆机动车。

韦斯特村的造船工人很为自己的行业骄傲，在每一条新造的船只上，他们都会烙印上韦斯特村的首字母 W，就好像在整个芬兰的西部地区，就数他们的村庄历史最为悠久。村里的女人们依然遵循古老而传统的方式织造床品，并且也会为成品绣上首字母 W。到了六月，游客们陆陆续续来到村里，购买船只和床品，趁着天气暖和在村里度过一个惬意的夏天。到了八月底，随着天气渐渐转凉，一切又回归往日的平静。再然后，冬天就来了。

此刻，黎明的曙光变成了深蓝色，大地的积雪显得晶莹剔透。人们在厨房里点上蜡烛，打开门放孩子出去玩耍。第一只雪球就砸中了卡特丽家的窗玻璃，好在马茨仍然睡得很安稳。

我，卡特丽·克林，经常在黑夜中思考。相比于黑夜的虚无缥缈，我的思绪却显得脚踏实地，和周遭氛围格格不入。我想得最多的就是金钱，很多很多的钱，我想依靠自己的智慧和真诚，迅速地赚到钱，赚到很多很多的钱，多到我无须再为金钱所思考。我所付出的努力在之后都会获得回报。首先要给马茨买一条属于他自己的船，船要足够大，能出海的那种，船舱宽敞，发动机强劲，是这个可鄙的村庄所能造出的最好的船。每天夜里，我听见雪片拍打在窗玻璃上的声响，海边吹来的风卷起细密的雪花，发出细碎的呜咽。很好。我倒是情愿整个村庄都被积雪覆盖，抹去一切痕迹，变成白茫茫一片……再没有什么，比冬夜漫长的黑暗更为安宁，更为广阔，它就这样无尽地蔓延着，蔓延着，让人感觉就好像生活在隧道之中，有时漆黑一片，有时初现曙光。人们被遮蔽了双眼，离群索居，比平时更显得孤单。每个人都好像树一样，隐藏起真实的自我，默默等待着。据说钱有股铜臭味，这不可能。金钱和数字一样纯洁无瑕。就算有气味，也是金钱主人身上的味道。每个人都有属于自己的气味，他们极力遮掩着，只有当情绪变得异常愤怒、恐惧或是备感羞耻时，气味才会变得强烈。狗就能感觉得到，而且在瞬间就能敏锐捕捉到。如果我是一条狗，我一定能知道更多秘密。马莰身上就没有气味，他和雪一样纯净。我的狗高大漂亮，温顺听话。它并不喜欢我，但我们能够彼此尊重。我尊重它神秘的一面，这种大型犬类的性格中难免残留与生俱来的野性，因而显得难以捉摸，可我对它并不信任。对于这些敏锐力超群的大型动物，我如何有勇气给予信任呢？在评价自己宠物的时候，人们往往将属于人类的品质强加在它们身上，比如友爱，比如尊贵。狗不会说话，服从性强，但它一直在观察我们，通过嗅闻人类的气息，捕捉我们最微妙的变化。尽管如此，它们仍然追随我们，服从我们的指令，这一点不能不让我们震惊、纠结，甚至备感压力。对于我们人类，它们或许会鄙视，或许会原谅，又或许，它们享受这种毫无责任感的生活。对此，我们永远都无从知晓。或许在它们眼中，我们不过是某种发育过度、结构扭曲的可怕物种，就好像行动迟缓的肥硕甲虫。经过数千年的驯化和豢养，狗想必早已看透人类，并因此进化出无与伦比的洞察力。人类为何不惧怕狗呢？它们的野性被迫遭到抹杀，可这样的状态又能维持多久呢？在极力将宠物理想化的同时，人类又居高临下地掌控着它们作为狗的天性：比如抓跳蚤，啃骨头，在泥地里打滚，在空旷的林地里整夜狂吠……它们究竟想做什么呢？无非就是趁着夜幕埋下烂肉碎骨，然后刨出来，再埋起来，在空旷的林地里吠叫——如此往复循环……不，我和我的狗鄙视它们。我们过着隐秘的生活，藏匿于内心的狂野之中……

狗已经站起身，等在了门口。他们走下楼梯，穿过杂货店。卡特丽在前厅套上靴子，仍然沉浸在关于黑夜的种种遐思之中，而且越发失去思考的方向。她走到门外，投身于彻骨的寒冷之中，呼吸着冬天清冽的空气，仿佛一座高大的黑色纪念碑，而那条令人生畏的狗就紧紧依偎在她的身旁。她从未拴过狗绳，但狗始终寸步不离。孩子们安静了片刻，推推搡搡地在雪地里走了一段，又开始嬉戏打闹起来。卡特丽继续向灯塔的方向前进。利耶贝里兄弟刚给灯塔送去了煤气罐，但车辙和脚印早已被积雪覆盖了痕迹。海面上吹来的西北风一直延伸到附近的岬角，那里有一条上山的岔路，一直通往艾梅林小姐的老宅。卡特丽停下脚步，她的狗几乎也同时站在了原地。冷风卷起白色雪花，迎面拍打在狗的身上和她的衣服上，渐渐融化在厚实的皮毛之中。很长一段时间以来，每天早上前往灯塔的路上，卡特丽一直都在打量那幢房子。安娜·艾梅林就住在里面，她孤身一人，陪伴她的只有她的钱。在整个漫长的冬季里，几乎从来不见她的身影。杂货店会把她需要的东西寄到家里，松德布卢姆夫人每周过去一次，打扫卫生。不过早春时节，人们会在树丛中看见她的浅色大衣，那是安娜·艾梅林在森林中很慢很慢地散步。安娜的父母都活了很大岁数，他们守护着自己的森林，不允许任何人砍伐一草一木。他们去世的时候都已经家财万贯。森林仍是一片禁地。林中的树木得以茁壮成长，形成一堵天然的墙壁，紧紧护在老宅后面。村里的人都将那幢房子称为兔子屋。那是一幢镶嵌雕花窗框的灰色木屋，在白雪皑皑的森林映衬下，呈现出同样的灰白色调。远远看过去，整幢房子就好像一只蜷缩着的大兔子，门廊上的白色门帘仿佛兔子四四方方的门牙，白雪覆盖的拱形窗户宛如兔子的眉毛，而烟囱则变成了兔子警惕的长耳朵。那些窗户都是黑漆漆的，坡道上的雪也完全没有打扫过的迹象。

这是她的家。这也是马茨和我即将要住的地方。但我必须耐心等待。我必须斟酌再三，才能允许这个叫安娜·艾梅林的人，在我生活中占据重要的一席之地。

2

安娜·艾梅林的性格绝对算得上随和，因为没有任何事情会让她失态或无礼，也因为她有一种与生俱来的特异功能，能够把不愉快的事情抛在脑后，顶多只是耸耸肩，然后继续她那模棱两可，而又固执己见的态度。事实上，她那种过度的善意还是挺吓人的，只不过没人在意罢了。有些时候，她对远道而来造访兔子屋的客人表现出极端的漫不经心，甚至让人产生错觉，以为自己在参观一个小型纪念馆。秉持这样的态度，安娜倒不是出于自保的心态，说她缺乏个性也不合适。她只是单纯而认真地在过日子而已，况且她将天赋和才能都用在绘画方面，在作画的时候，她总显得分外孤独。安娜·艾梅林拥有一种异常强势的能力，即只专注于一样东西，也只对这唯一一样感兴趣，就是她拥有的那片林地，森林中的土地。安娜·艾梅林对林地的描摹精准而确切，甚至连一根松针都不会遗漏。她的水彩画精巧细致，充满冷峻的自然主义风格，一如层层柔韧的苔藓和植被般美丽，那往往是人们漫步森林中常常践踏而过，却从未留意的角落。是安娜·艾梅林打开了人们的眼界，是她让大家见识到森林的精髓所在，是她让大家铭记美景，拥有哪怕转瞬即逝的温情、对希望和美好的憧憬。遗憾的是，为了将兔子插入其中，安娜不得不破坏画面原有的意境。她笔下的兔爸爸、兔妈妈和兔宝宝，身上都布满了小碎花，这也让古老森林失去了几分神秘感。儿童杂志曾对她的花兔子颇有微词，安娜因此觉得伤心，甚至一度怀疑过自己的选择。可她又能怎么办呢？为了孩子，也为了出版社，花兔子必须出现在插画里。她大概每两年都会出一本绘本，文字是由出版社撰写的。有时，安娜只想描绘大地、低矮的植被和树木的根系，她希望笔触尽可能细腻，将范围尽可能缩小，甚至进入苔藓深处，着眼于一个由褐色和绿色构成的微观世界，一个昆虫眼中的繁茂森林。相当于她将原本的兔子王国替换为蚂蚁王国。但一切为时已晚。画面上空旷而自由的景色，只能弃之不用。时值寒冬，在冰雪消融、大地裸露出本色之前，她是不会开工的。在等待的这段时间里，她会给热心的小读者回信，解释自己笔下的兔子为何都是花花的。

不过，就在安娜和卡特丽的生活轨迹最终产生交集的这一天，安娜却不在写信，而是坐在客厅里阅读《吉米的非洲历险记》，这本书写得妙趣横生，上一回，主人公去的是阿拉斯加。

安娜的客厅虽然较为低矮，却相当宽敞，积雪反射出的阳光让整个房间熠熠生辉，壁炉边贴着蓝白相间的瓷砖，浅色家具稀稀疏疏地摆放在墙边，由于松德布卢姆夫人每周打蜡，木纹地板显得锃光瓦亮。安娜的爸爸身材高大，所以总是留足了富余的行动空间。他也喜欢蓝色，家里各处都充满了蓝色元素，随着岁月的流逝，蓝色也越褪越淡。整幢兔子屋都被深邃的静谧所笼罩，这也是它的标志性特征之一。

那一天，安娜将读了一半的小说搁在一旁，决定给杂货店打个电话。她并不喜欢打电话这种事。恰逢电话占线，于是她靠在门廊的窗户前等了一会儿。门廊外狂风呼啸，在西北方卷起一道黑色的弧线，既逗趣又威猛。棱角分明的山峰上，肆意飞舞的暴雪卷成一把透明轻盈的折扇。每年冬天都是相同的弧线，而它移动的轨迹都是如此美丽。它席卷的范围如此庞大，安娜总能看得真真切切。她又一次拨了电话，这一次，接听的是杂货店老板本人。“利耶贝里回来了吗？”她忘了说自己还要黄油和豌豆汤，不需要太多，一小罐就行。店老板听不清她说的话，解释说路上不好开，利耶贝里是滑雪橇进城采购的，应该没问题，还有新鲜的肝……

“我听不见！”安娜·艾梅林提高了嗓门，“什么东西干了？出什么事了？”

“肝，内脏。”杂货店老板重复道，“我让利耶贝里带了一些新鲜内脏回来，特地为艾梅林小姐留了一份，一块上好的牛肝……”电话线路又出了故障，他的声音瞬间被暴风雪吞没了。安娜和外部世界的联络由此切断，她被迫回到属于自己的书中。现在，她已经不是很在乎豌豆汤了，送不送货的也无所谓。

爱德华·利耶贝里终于采购归来，他卸下雪橇，将背包扔在杂货店外的台阶上。他腰酸背痛，完全没有心情说笑聊天。他将店老板要的东西装在一个纸箱里，抬进店里，其中大多数都已经被雪浸湿了。

“你这一趟去得可够久的。”说这话的时候，店老板正靠在柜台后面。自己沦为杂货店里打杂的勤杂工，想到这一点，店老板还是有些郁闷。利耶贝里没搭腔，只是将货物一样样排列在门厅的桌子上。利耶贝里滑雪回来的时候，卡特丽·克林从窗户里看到了他，于是干脆下楼站在门厅里看热闹。她嘴里叼着一根普普通通的香烟，在吞云吐雾间眯起眼睛，打量着桌上的货物，说道："那些是寄给艾梅林的信。"读者来信很好辨认，因为小孩子的字迹总是歪歪扭扭，信封上还画得花里胡哨。卡特丽又说了一句："你打算现在就给她送过去吗？"

"我得缓口气，"利耶贝里说，"全村就我一个送货的，总不能把我当牲口使唤。"

她完全可以说，这天气也就只适合滑雪，或是问问他，这大雪天出门，还能不能看清道路，再或者，可以发发牢骚，村里的路怎么还不通，反正就是挑他感兴趣的话题说，假装也行啊，总之能让气氛活跃点，可不，卡特丽·克林偏不。她就那么站着，眯着眼，自顾自地吞云吐雾。她往桌边凑了凑，俯下身，黑色的头发遮住了脸庞，为了御寒，她下意识地抓紧了身上裹着的毛毯。爱德华·利耶贝里心想，她这模样，倒真像个巫婆。

她说："我可以把艾梅林的东西送过去。"

"这么做恐怕不太好吧。送货是专门的差事，既是一种信任，也是一份责任。"

卡特丽扬起脸，睁大眼睛瞪着他，在门厅刺眼的灯光下，那双眼睛显得格外黄。"信任，"她说，

“那你信得过我吗？”她顿了顿，又重复了一句，“我可以把艾梅林的东西送过去。这件事对我很重要。”

“你是想要帮忙吗？”

“你知道的，我就不是个热心肠。”卡特丽答道，“我这么做，完全就是我自己愿意。还是那句话，你信得过我，还是信不过我？”

事后回想这件事时，利耶贝里安慰自己，反正她也要出门遛狗的，送一趟货对她来说也不是难事。而且不管怎么说，卡特丽·克林为人正直，这一点大家也都是知道的。

安娜又打了一通电话。店老板说：“这回能听得清楚一些了。一小罐豌豆和黄油都已经买回来了，利耶贝里还带回了牛肝，特别新鲜，差不多是刚从肚子里取出来的！我已经都包好了。不过这次送货的不是利耶贝里，而是克林，她已经在去的路上了。”

“谁？”

“店里原先打杂的伙计，卡特丽·克林。她把牛肝也一并带去了。”

“牛肝啊，”安娜试图拒绝，语气显得格外虚弱，“看着怪恶心的，也不好做……不过你们买都买了，那就……送货的那位小姐，叫克林还是什么的？她知道要从厨房的后门进来吗？”

电话里再次出现“嘟嘟”的忙音，这里一到冬天就这样。安娜拿着听筒愣了一会儿，然后挂掉电话，去厨房煮咖啡了。

天色接近黄昏的时候，马茨才从船坞回来。为了节约燃料，整个冬天，韦斯特村的造船工人都只在天气暖和的时候才开工，而且天黑之前必须收工，以保证电力的供应。马茨总是最后一个收工离开的。

“你可算是回来了，”店老板说，“要是他们不赶人的话，估计你会拿着砂纸，摸黑打磨吧。”

“他们现在都改用车床了。”马茨答道，“我能要一罐可口可乐，先记账行吗？”

“当然可以，稍等！可惜啊，你亲爱的姐姐不打算在店里继续做下去了。真的很可惜，她又能干，手脚又利索。这样啊，都改车床啦。这么说来，你也会车工喽。你不说，我还真没想到。”

马茨也没听他说什么，只是点点头，靠在柜台边慢慢喝着可口可乐。这间略显窄仄的小房间，越发衬托出他身材的高大。他的头发也很长，确切说，实在太长了些，而且和姐姐的一样乌黑黑的，完全不像本地人。他似乎忘记了自己并不是一个人。当卡特丽从楼上下来的时候，他只是稍稍侧了侧身，姐弟俩相互点了下头，这是他们之间特有的默契。狗就趴在门口，耐心等着出去。

店老板说：“我听说，你打算给兔子屋送货。东西都在这儿，牛肝拿稳了，别滑出来。”

卡特丽说：“她不喜欢内脏。你是知道的，前段时间她才刚把血肠送给松德布卢姆夫人。”

“牛肝又不是血肠。再说她订都订了。对了，记得从厨房的后门进去。艾梅林小姐对访客的要求还挺多。”

他们针锋相对地说着，空气中弥漫着十足的火药味，就好像两只虎视眈眈的动物随时准备干架。

这个小老板，他根本没忘，这次他就是故意的。他的死脑筋实在是太可笑了，我一定要让他认清这一点。当然了，我对他的态度的确武断而主观。但当我不选择中立客观的时候，事情会变得一发不可收拾。我必须离开这儿。

在夕阳的映照下，雪显得分外地蓝。卡特丽对狗打了个手势，示意它在岔路口等着，然后顶着刺骨的寒风，独自一人向山上走去。道路上积了厚厚的雪，根本没人扫过。

安娜·艾梅林打开了厨房的后门，说：“克林小姐，你人真好。这种天气，你实在没必要跑一趟……”

跨过门槛的这个女人身材高挑，穿着某种动物皮毛做的大衣，打招呼的时候，脸上连一丝笑容都没有。

这里弥漫着一种缺乏安全感的气息，想必已经很久没人来过了。果然不出我所料，她的样子活像只兔子。

安娜重复了一句：“你人真好，还特地跑这一趟……我的意思是，这对我的确很重要，但不管怎么说……”安娜顿了顿，等待对方的回应，然后继续道，“我煮了点咖啡，你应该是喝咖啡的吧？”

“不，”卡特丽的语气很和善，“我平时不喝咖啡。”

安娜愣住了，与其说是沮丧，不如说是惊讶。如果对方已经准备好了咖啡，就算是给女主人一个面子，大家也都会象征性地喝一点吧。她说：“那茶呢？”

“不用了，谢谢。”卡特丽·克林答道。

“克林小姐，”安娜直截了当地说，“你可以把靴子脱在门口，不然地毯会湿的。”

现在我对她多了一分好感。让她成为我的对手吧，让我开始对抗，开始角力。阿门。

她们走进客厅。

我应该拿一本她的绘本过来的。算了，还是别了。这么做太虚伪了。

“有的时候，”安娜·艾梅林说道，“有的时候我在想，要是家里全铺上地毯就好了。颜色亮亮的、软乎乎的那种。你不觉得吗，克林小姐？”

“不觉得。那样一来，这么漂亮的地板不就浪费了吗？”

她当然情愿要毛茸茸的质感。地毯也好，地板也罢，只要是毛茸茸的就行，看着就暖乎乎的。没准楼上的空气会好一些。晚上我们得把窗户留条缝，不然马茨是睡不着的。

安娜·艾梅林将眼镜用一条细细的链子挂在脖子上，她将眼镜拿了起来，在镜片上呼了口气，然后捞起桌布的一角开始仔细擦拭。上面很可能沾满了毛。

“艾梅林小姐，你养过兔子吗？”

“什么？”

“你养过兔子吗？”

“没有，你怎么会这么问……利耶贝里家倒是有兔子，不过它们可真够麻烦的……”安娜机械地答道，口吻中充满了不确定的意味，声调完全没有起伏。她朝咖啡壶的方向动了动，又突然想起来，这是一位不喝咖啡的客人。她突然用尖锐的语气反问了一句：“怎么，克林小姐，我为什么会养兔子？你家有兔子吗？”

“没有。我家有一条狗。一条牧羊犬。”

一条狗？安娜的注意力完全转移了方向。她对狗一无所知……

女主人被咖啡桌绊了一下，她站起身，解释说现在天色越来越暗，需要多点几盏灯才行。她点亮了一盏灯，接着又是一盏。就着朦胧的灯光，她提议说，卡特丽可以带一张插画手稿回家。安娜的手稿非常漂亮。签名的时候，她习惯性地画起了兔子耳朵，然后立刻停了下来，又新拿了一张手稿。卡特丽走进厨房，将食物放进水槽。牛肝粉色的血水从纸袋里渗了出来。

“太恶心了。”安娜在她身后说道，“这是血吗……我最见不得血了……”

“没事，血水放掉就好了。”

但当安娜打开包装纸后，发现牛肝以可怖的模样呈现在面前，血淋淋的，上面还有凸起的白色血管。她的脸色顿时变得惨白。

“艾梅林小姐，我可以用来喂狗。我这就把它拿走，先告辞了。”

安娜赶紧声明，自己一向都很担心这种东西会腐烂发臭。大家把内脏买来后，随手往哪里一搁，等闻到臭味才反应过来，这时它已经变质了，只能扔掉……“如今这世道，真不该乱扔食物……”

“我明白你的意思，”卡特丽说，“很多人就这么放着，一直放到食物发臭。可你干吗要买这种容易变质发臭的东西呢？要是不喜欢内脏的话，你就直说好了，干吗还要订呢？”

“又不是我订的，是他订的！他这么热心，我都不好意思……”

“你说杂货店老板？”卡特丽缓缓开了口，“如果我没记错的话，他可不是个热心的人。他心眼坏着呢，他明知道你害怕内脏。”

到了后院，卡特丽点起一根香烟。没想到，黑夜这么快就降临了。

安娜·艾梅林快步走到门廊的窗前，目送着她的客人下了山。先是一个颀长的黑色身影，很快变成了两个，一条狼一样的大狗从暮色中钻了出来，紧紧贴在女人身边。他们就这样，相依相伴地朝着村庄走去。安娜怔怔地望向窗外，心中涌起一股捉摸不定的焦虑。说不定，现在来杯咖啡也不错……可安娜突然没有了喝咖啡的兴致。她突然意识到一点，微妙却笃定的一点：自己并不喜欢咖啡，确切地说，她从来都没真正喜欢过。

3

一回到家，卡特丽连外套都没顾上脱，一屁股坐在床上。她累坏了，心里琢磨着自己得到了多少，又失去了多少。这第一次的见面意义重大。卡特丽闭上眼睛，回忆刚才发生的一幕，试图在脑海中勾勒出一幅清晰的画面，可她做不到，那些场景轻柔而缥缈地弥散开来，一如安娜·艾梅林本人，一如她家昏暗的灯光和一尘不染的房间，以及她们彼此之间试探心意的对话。可是水槽里的那块牛肝，它是那么格格不入，突兀而真实地存在着。我之所以把这玩意儿带回来，纯粹是因为同情她吗？不。那是为了我自己，是为了给她留下一个好印象吗？倒也不见得。这就是一场赤裸裸的交易，那东西血淋淋的，她看着就害怕，恨不得有多远躲多远，所以必须拿走才是。我这么做完全是出于本能，毫无虚伪做作的成分。只不过你说不好，你永远无法笃定，无法判断自己是否真的阿谀逢迎，无意识地表现出卑鄙或谄媚的丑陋嘴脸。这种戴着假面具的生活已经成为自保的机制，而且越发大行其道，肆无忌惮地吞噬着你的内心，不择手段地帮你争取一切你渴望的东西。或许这是一种优势，又或许不然，只不过能让自己尽可能过得舒服，脱掉干系罢了……不，我倒也不觉得自己占到了多少便宜，这一回合算是输了。不过至少，这是一场诚实的较量。

马茨又画了一张新的图纸，和往常一样搁在桌上。他从不提及关于船只款式和模型的话题，但他很希望卡特丽能看见自己的作品。为了便于计算尺寸和比例，草图照例画在了蓝格子纸上。这次的船和以前一样，宽敞气派，设有内置发动机和船舱。卡特丽见过他很认真地修改船体型线，并且压低了船舱的高度。她看过弟弟的笔记本，里面详细地列出了木料和发动机的价格，计算过造船的工时。她之所以一一过目，主要是为了确保弟弟不被讹诈。这是一张精心绘制的图纸，它不仅仅代表着一个男孩对船只的梦想，还象征着一份脚踏实地的工作。卡特丽能感觉到那份持久而耐心的专注力，以及弟弟所倾注的爱和心血，只为了一个看似遥不可及的理想。

卡特丽把能借的书都借了：关于船舶本身和船舶结构的工具书，以及出海冒险的传奇故事，其中绝大多数都是写给男孩子看的。与此同时，尽管有些于心不忍，卡特丽也会坚持让弟弟阅读一些她所谓的文学书。

“这些书我都读够了。”马茨说，“里面没什么可看的。情节简单枯燥。我知道故事都写得不错，可看了只会让人难过。它们描写的几乎都是不幸的遭遇。”

“那和你一起干活的那些水手呢，他们出海的时候肯定也遇上过倒霉事吧？”

马茨摇摇头，笑了笑。他解释说：“那是不一样的。而且你知道，他们不怎么聊自己的事。”

可是卡特丽不肯就此罢休。如果马茨非要读自己喜欢的书，读了四本，就应该读一本她挑选的书。她担心弟弟会陷入那个以冒险为名，实则隐匿着邪恶的世界。为了让卡特丽高兴，马茨读了她的书，但对于书中的内容绝口不提。一开始她还问过，马茨只是敷衍地说：“还不错，挺好的。”后来她就没再问了。

他们之间的交流寥寥无几。卡特丽和马茨早已达成默契，彼此保持沉默，各忙各的。

马茨回家的时候，天已经黑了很久。他一直都在利耶贝里兄弟的船坞那里，为此卡特丽很是不快。马茨总是喜欢缠着利耶贝里兄弟，想要听他们聊船只的事情。利耶贝里兄弟对马茨态度挺好，但属于对待宠物的那种好。马茨可以和他们打成一片，但永远也成不了他们中的一分子。她的弟弟永远是个局外人。卡特丽将晚饭端出来，他们各吃各的，埋头看自己的书。伴随阅读的晚餐时间是一天中最为静谧和安稳的，拥有一种全然的、幸福的平静。不过今晚，卡特丽没心思读书。她的思绪时不时回到安娜·艾梅林的兔子屋，继而一再地感到挫败。马茨的一切都被她毁了。卡特丽根本不知道自己读了些什么，干脆从书中抬起头来，打量着自己的弟弟。他们之间的台灯映照出屏障一般的光晕，在他的脸上投射出明暗相间的网格，让她联想起牧场里斑驳的树影，以及海滩上的光斑。除了卡特丽，谁都不知道马茨还有如此俊美的一面。她突然产生了一种难以抑制的冲动，想要和弟弟聊聊那个萦绕心头的苦涩理想，澄清关于荣耀的概念，为自己辩护一番，不，不是辩护，只是解释而已。这些话，她不能和任何人提起，只有马茨可以倾诉。

可我说不出口。马茨的心里没有秘密。所以他才有一种神秘的气息。任何人不得打扰他的生活。他必须生活在一个单纯而洁净的世界里。或许他根本听不明白我的话，只是担心我是否过得不好。我该如何澄清呢……我懂了。这只是坦诚与否的问题，我必须毫无保留，尽可能地做到真诚。

马茨从书中抬起头，问道："怎么了？"

"没什么。这本书好看吗？"

"还不错，"马茨答道，"我刚读到海战部分。"

4

村里的夜晚总是格外寂静，只能偶尔听见几声狗吠。村民们都在家里吃着晚餐，家家户户的窗户都透着亮。雪还是一如既往地下着。窗台和屋顶上都已经积起了厚厚的一层，白天刚刚清扫过的街道，如今又是白茫茫一片。街道两旁是冻硬了的雪坝，而且有越堆越高的趋势。雪坝上已经出现若干又深又窄的通道，那是村里孩子的杰作。空地上是孩子们堆的雪人和雪马，金属片和煤球做的眼睛牙齿早已歪七扭八。等到降温的时候，孩子们会往上面浇水，干脆让它们冻成冰雕。一天，卡特丽停在一个雪人面前，发现自己正是这个雪人的原型。孩子们找来了黄色的碎玻璃片当作眼睛，还给它戴了一顶旧皮帽，雪人的嘴巴窄窄的，站姿十分僵硬。和女人并肩矗立在雪中的是一条大狗，虽然做工有些粗糙，但仍能看出是条狗，而且是条凶巴巴的狗。女人的裙摆旁边还蹲着一个小矮人，头上粘着红色的咖啡垫。马茨在冬天的时候就常戴一顶红帽子。卡特丽冲着那个小矮人就是一脚，瞬间把它踹散了架，一回到家，她就立刻把马茨的帽子扔进火炉烧了个干干净净，然后又加班加点织了顶蓝色的给他。从此以后，对于孩子们的雪雕、写满数字的纸，以及插在雪人心脏中的木棍，卡特丽都充满了苦涩的记忆。不管怎么说，这就是村里人所谓的尊重。孩子们从父母口中得知，卡特丽很擅长计算。他们知道，她满心惦记的都是那些数字。

这些年以来，村里人都会去找卡特丽，恳求她帮忙解决困扰自己的数学难题。卡特丽处理过棘手的账目，百分比之类的问题也能轻松解决，总之经她手做的账，最后各项数字都能对得上。打从一开始，卡特丽帮店老板核对订单和做账目结算的时候，她就已经声名大噪，大家都知道卡特丽拥有精于算计的头脑和敏锐的观察力。在接触供货商的过程中，她发现其中不少都有欺诈行为，再后来，她意识到店老板也会欺骗顾客，只是大家都浑然不觉。不管怎么说，在公平分配的方面，卡特丽·克林总能准确无误地计算出结果，遇到其他麻烦的数学难题，她也能巧妙地给出解决方案。大家来找她帮忙的事情越来越杂，包括如何填写报税单，如何处理卖契、遗嘱和财产纠纷。附近城里是有位律师，可村民更信任她，有了卡特丽，干吗还要花钱请律师呢？

“把草地给他们。”卡特丽说，“反正你们留着也派不上用场，种牧草都不够格。只要先把话挑明了，双方签署一个禁止开发的协定，不然他们迟早会把家搬进来。你们和他们又合不来。”

她对另一方的说辞是，草地本身不值钱，但如果在乎所有权隐私权之类的，他们完全可以花钱建一条栅栏，再挂个禁止入内的牌子，这样邻居的孩子就不会进去捣乱了。对于卡特丽给出的建议，村里人在背后议论得很多，她的想法中肯实际，却也异常狡猾。其中有一种看法貌似挺有说服力的：在卡特丽看来，邻里之间多少带有些天然的敌意，她任何的分析都以此作为出发点。这些围绕卡特丽的非议，往往伴随着人们的羞愧感。她总能做到公平公正，这一点让大家难以理解。就好比草地这件事牵涉到的两家人吧，他们看对方不顺眼都不是一年两年的事了，卡特丽在规劝的同时，毫不留情地将他们的敌意摆到台面上来说，以至于大家在明面上也只能撕破脸皮。而且她总会帮人们意识到，他们是如何上当受骗的。就拿卡特丽对埃米尔·胡斯霍尔姆一案的意见来说吧，这为村民们津津乐道。埃米尔·胡斯霍尔姆因为罹患严重的败血症损失惨重，导致长期无法工作。卡特丽对此是这么评价的：这属于工作期间发生的意外事故，应该提出赔偿。赔偿的金额必须由雇主承担。

“不能这么说，”埃米尔反驳道，“这事不发生在船坞里，是我清洗鳕鱼的时候划破了手。”

卡特丽言之凿凿地说：“你要什么时候才明白这个道理啊。工作不分高低贵贱，所有工种归根到底都是一样的。你父亲是个打渔的，对吧。他也算是渔业公司的雇员，不是吗？他在工作中受伤多吗？”

“时不时吧。”

“就是嘛。渔业公司也没给他赔偿吧。他绝对被政府耍得团团转，自己还不知道呢，现在你申请这点赔偿，就当是替他讨回公道了。”

关于卡特丽·克林的明理和睿智，还能举出很多例子。事情的来龙去脉，似乎真的符合她说的那些理论架构。有时，城里的律师会出现在村里，手里握着重要文件，满脸若有所思的神情。不过对于卡特丽的言论，就连他也没有提出过任何质疑。他是这么说的：“你们村那个聪明的巫婆到底是什么来头，这些门道她又是打哪儿学来的？”

一开始，人们想过付点报酬给卡特丽，但她一听就翻脸，渐渐地，也就没人敢和她提酬金的事了。让人难以捉摸的一点是，既然她对人们所遭遇的窘境和困难了解得如此透彻，为何对日常生活中的琐事无动于衷呢？卡特丽的沉默让气氛变得尴尬，就事论事的时候，她总能说得头头是道，可她从不家长里短地闲聊。而且最糟糕的是，和别人打照面时，她连一个笑容都挤不出来，也从不给别人鼓励，哪怕是举手之劳，她也懒得插手。

“可你干吗非要去那儿呢？”尼高家的老太太问，“打从那儿回来以后，你简直像换了个人似的。你自己是满意了，可你看谁都是一副疑神疑鬼的模样。就让她一个人安安静静待着，你只管好好照顾弟弟就行。”

村里人当然会时不时向她打听马茨的近况，可是卡特丽并没有因为这些关心而感到愉快。她只是眯起一双黄色的眼睛，迅速瞥一眼，然后简单说声谢谢。再深究下去的话，未免有热脸贴冷屁股的嫌疑。于是渐渐地，村里人也只在有事的时候才登门拜访，办完了事就走，一句话都不多说。

5

天色始终阴沉沉的，清晨和傍晚已经完全没有了区别，雪就那么不间断地下着，让人备感压抑。那些本该充满乐趣的工作，如今却成为机械的重复劳动。爱德华·利耶贝里一到冬天就开始抑郁。等干完了船坞的活，大家也没处可去，没别的事可干，只能回家。利耶贝里四兄弟先是做了饭，然后听了会儿收音机，黑夜依然漫长得没有尽头。爱德华·利耶贝里决定对货车来一次全面检查，通常来说，和车子打交道会让他快乐起来。当发动机开始轰鸣，村民们蜂拥而至的时候，他心中总会洋溢着骄傲和喜悦。以前，他还负责带学龄儿童去城里读书，村政府会按照里程数付他酬劳。不过，现在村里建起了自己的小学，大一些的孩子则去城里读寄宿学校，需要搭载货车通勤的学龄儿童就没那么多了。可不管怎么说，从城里进货的话，车子还是派得上用场的。村政府也会掏钱，让他把煤气罐运往海边的灯塔，这笔钱不仅包括汽油费，还有送货费。不过每次店老板和他结账时，都要强调自己是多么无私，用自己的车为整个村子服务。虽说货车是店老板的，可爱德华·利耶贝里始终将它视为自己的宝贝。那是一辆绿色的大众，也是韦斯特村唯一的机动车。

他打开车库的灯，往下拽了拽帽子，遮住耳朵——车库比外面还要冷。检修车辆是很私人的事情，不容其他人一起参与。可那个男孩又来了，就站在车库门口，一句话不说地等着，目光直勾勾盯着利耶贝里，让他良心不安。是因为这男孩，还是因为他姐姐？他不知道。想想村里人是怎么对待他们姐弟俩的，从来就没有过一丝温情，真让人寒心……利耶贝里转过身，说："你又来了。发动机里面的窍门，你学也学不会！"

"嗯，"马茨答道，"我知道。"

"你去尼高家砍过柴了吗？"

"去过了。"

"你来这儿到底图什么？纯粹就是打下手吗？"

马茨没吭声。每次都是一样的情形：男孩偷偷溜进车库，站在一旁，一句话不说，直到利耶贝里感到如芒在背，实在没法板着脸，专心手头的工作。

场面变得一发不可收拾，他只好说：“这里面的原理很复杂，我现在没空搭理你。”

马茨·克林点点头，在原地继续站着。他和姐姐简直是一个模子倒出来的，脸盘子都是扁平扁平的，只不过他的一双眼睛是蓝幽幽的。而且姐姐大包大揽，什么事都替弟弟做主。难得马茨这么怯生生地一个人出面，爱德华·利耶贝里看着都累，最后忍不住说：“你乐意的话就帮忙打扫打扫吧，事情都得一点一点慢慢来。”

男孩于是开始打扫起来，动作极其缓慢，他从角落里清扫起，稍微挪动两步，用扫帚清扫两下，然后将灰尘归拢起来，几乎不发出任何声音，但也只是几乎，就好像墙后面躲了只老鼠——窸窸窣窣两声，然后又安静下来，用爪子抓挠几下，又没了动静——利耶贝里转过身喊了一句：“别扫了！给我过来。你就站这儿，站我眼皮子底下。我修我的车，你在旁边看着。不过甭指望我解释什么，所以你也甭指望到最后能真正学会什么。从现在开始，别和我说话。”

马茨点点头。利耶贝里渐渐平静下来，也渐渐忘了身边还有个男孩在打量自己。他不再计较马茨的登门造访，全身心投入发动机的修理之中。

大多数时间，马茨还是在船坞里干活。他的动作总是很慢，反应也迟钝，大家为此给予了最大的耐心和宽容。他们总是将一些琐碎的活计交给他，并且相信他能胜任。大多数时候，大家往往忽略了马茨的存在。利耶贝里兄弟总会派给他一些枯燥乏味的活，比如敲敲打打、拧拧螺丝之类。有的时候，马茨会突然消失，大家甚至没留意他是什么时候走的。或许他接了别的活，或许他答应了去邻居家帮忙，又或许他到森林里遛弯去了。反正没人知道。马茨·克林没有固定的工作时间，想来就来，想走就走，所以按照工时支付他工资显然不现实。利耶贝里兄弟会时不时给他点报酬，就薪水来说算是相当微薄。在他们眼里，马茨不过将工作当作游戏罢了，实在没必要付工资给玩游戏的人。有几次，马茨离开了很久，大家都不知道他去了哪儿，也没人关心他的下落。

寒潮来袭的时候，继续经营造船的生意就变得不太划算。船坞里冷飕飕的，就算生了暖气也收效甚微，工人们的手都快冻僵了。于是利耶贝里兄弟干脆锁了船坞，回家休息去了。不过船只下水那一面的门闩始终锁不死，海面结冰的时候，马茨可以直接从冰上走过去，用鱼钩就能轻轻松松地撬开。等大家都走了，他就一个人溜回船坞，继续干自己的活。他做的大部分工作都琐碎零散，无关紧要，哪怕完成了也看不出来。不过大部分时候，他只是静静坐在静谧的雪雾之中，从不感觉寒冷。

6

当爱德华·利耶贝里又一次滑雪进城采购，带着货物回来时，卡特丽·克林又来了，表示说要给艾梅林送东西。她没有表现出恳求的姿态，也没做任何解释，就是坚持己见。和弟弟一样，她就是站在那里，等待着对方妥协。

“你一定要去就去吧，”利耶贝里说，“拿着。不过别忘了，这次也好，以后也罢，都要特别留意支付这一部分。一张单子也不能丢。艾梅林小姐签完字后，你也要在见证人一栏上签名，这样才能证明是我垫付的货款。等她拿到货，付了钱，你也要点清楚，一个子儿都不能少。”

“你这话太让人意外了，”卡特丽说，声音里透着一股冷峻，“你什么时候见我对数字不上心了？”

利耶贝里沉默了片刻，为自己辩解道：“我这话说得太急了，没考虑周全。就送货这事来说，我恐怕对谁都没法完全信任。”然后他又补充了一句，“对于你，大家说什么的都有，不过真诚这一点，没人会质疑。”

卡特丽走进杂货店，迎接她的是店老板掩饰不住的恨意。卡特丽说：“我这就把东西给艾梅林送过去。她打电话交代过吗？还需要带什么？”

“没有。艾梅林只吃罐头，从不做饭。不过利耶贝里带了个腰子回来。”

“你自己留着吃吧。”卡特丽说，“腰子也好，牛肝也罢，你喜欢吃内脏是你的事，我劝你少动坏脑筋，非拿这些恶心人，你也知道她对此毫无招架之力。”

“我哪里恶心人了？”店老板急得大声嚷嚷，“我任劳任怨地给全村人送东西，从没谁说我恶心人……”

卡特丽打断他的话头：“一份意大利面、一块浓汤宝、两罐豌豆汤，小份的就行，还有一公斤白糖。这些我都一起送过去，记在她的账上就行。”

店老板咕哝了一句：“你才成天恶心人。”

卡特丽沿着货架往前走了两步。“大米，”她说，“烧熟了就能吃。”然后补充道，“你不觉得自己很可笑吗？”她冷漠而轻蔑地丢下这一句，就好像对狗下达命令一样，令他怒火中烧。

这是卡特丽第二次造访兔子屋，这回她让狗等在了后院。见她沿着岔路上了山，安娜·艾梅林立刻打开了厨房后门。短暂地寒暄后，她很快沉默下来，气氛一时有些尴尬。卡特丽脱下靴子，抱着食品袋走进厨房，说道：

“新鲜的肉我都没拿，就拿了罐头。罐头比较容易做。利耶贝里到下午才取了货回来。”

“太好了。”安娜脱口而出。她之所以感到轻松释然，和送货时间，或者罐头不罐头的都没关系，是因为出现了这么个怪人，总算能展开一场还算正常的对话。“太好了……罐头的确很方便，尤其是小份的，不容易放坏……我和你说过吧，我一看到生肉就焦虑，生肉的保鲜期很短，和养花一个原理，你总觉得自己背负了某种责任，对吧？水浇多了也不行，浇少了也不行，简直让人无所适从……”

“的确，就是无所适从。不过你这屋子也太暖和了。养花的话，这么高的温度可不行。”

“确实，确实不行，”安娜有些迟疑地说，“可我不明白，大家为什么总觉得我应该养花……”

“我知道。花草、孩子和狗。”

“什么？”

“大家觉得，你应该喜欢花草、孩子和狗。可你根本没兴趣。”

安娜抬起头，目光锐利，但那张宽阔平静的脸上丝毫不见波澜。她用硬生生的口吻说：“克林小姐，这是多么奇怪的偏见。我知道你不爱喝咖啡，不过我们还是去客厅坐坐吧。”

她们走进客厅。还是一样柔和昏暗的光线，一样空虚寂寞的感觉，以及噩梦般压抑的凝滞感。安娜坐下来，陷入沉默。

卡特丽打破了僵局，语速有些急促：“艾梅林小姐，我不值得你对我这么好。”毫无来由地，她突然想要离开兔子屋。她将包裹放在安娜面前，然后简要提醒了她要在单子上签名。安娜拿起眼镜，戴上看了看说：“看样子，见证人都已经签过名了。不过这么古怪的名字，会是谁啊？是不是我们村搬来了哪个外国人？”

“不是。名字是我编的。这名字不常见吧？”

“你把我搞糊涂了，”安娜说，“这不是常规做法吧。”

“我这么做是为了节省时间。”

“这几张单子上都是这个名字，字迹也一模一样？”

卡特丽笑了一下。那笑容仿佛霓虹灯一般一闪而过，让人不寒而栗。她说：“艾梅林小姐，我对模仿签名这种事非常拿手。有时候，人们会拿着纸来找我，让我帮他们签名。你要是觉得有意思，我也可以签你的名。”

说完，卡特丽在纸上写下了安娜·艾梅林的名字，和安娜本人的字迹简直一模一样。

“不可思议啊，”安娜说，“太厉害了！你也会画画吗？”

“这我不行，我从来没试过。”

风越刮越猛。雪片飞扑着砸在窗玻璃上，发出飕飕的呼啸声，直击每一个人的内心。一阵风过去，整个村庄陷入了短暂的平静。

卡特丽说：“我该走了。”

安娜打开厨房后门的时候，一眼就看见了那条狗。狗的身上积满了雪，大口大口喘着粗气，喷出一团白雾。安娜吓得叫了起来，赶紧又把门关上了。

“它不咬人的，”卡特丽说，“它性格可温顺了。”

“可它的个头也太大了！还喘着气……”

“没关系的。就是条普普通通的牧羊犬。”

女人和狗一起下了山，留下两个毛茸茸的灰色背影。安娜目送着他们离开，身体还在不住颤抖着，不仅仅因为刚才的恐惧，还有些许的好奇和紧张产生的激动。她思忖着，卡特丽·克林的确是个传奇人物，和别人很不一样。她很像一个人，特别是笑的时候……但是谁呢？肯定不是安娜熟悉的人，至少不是她过去认识的那些朋友。不是。应该是一幅画，一本书里的某幅图画。因为这突如其来的念头，安娜忍不住扑哧一声笑出来。戴着皮帽微笑的卡特丽，像极了格林童话里的大灰狼。

安娜·艾梅林大概每两年都要出一本绘本，是那种写给低幼儿童阅读的小图画书。文字部分是出版社撰写的。出版社在寄稿费单的同时，也会附上去年的部分书评。其中既有溢美之词，也有读者毫不遮掩地表示遗憾。安娜打开折叠好的剪报，戴上眼镜阅读起来。

> 艾梅林再一次令我们感到震撼：她以近乎宠溺的态度照料着属于自己的微观世界——那片林地。她认真勾勒出每一处细节，我们在备感熟悉和亲切的同时，无异于经历一场心灵的洗礼。她教育我们如何带着思考观察世界。至于书中的文字，不过是符合该年龄段儿童阅读

水平的简短说明。每一本书的文字都相差无几。但艾梅林的水彩画则始终充满了新鲜感和活力。她描绘大自然的视角既有天真烂漫的一面，也体现出她独具慧眼的潜质。她恰到好处地描绘出那种寂静和深沉，将一片原生态的森林栩栩如生地呈现在我们眼前。即使是懵懂无知的小孩子，也有足够的勇气踏上那片厚厚的苔藓。无论有没有兔子的元素，我们都相信所有孩子都会……

一读到关于兔子的部分，安娜就会停下来。另一张剪报是附了图片的。附上作家或插画家的漫画像，在书评里也算常规做法。漫画像完全没有丑化的意思，不过画师对于她的关注，显然远不如对兔子上心。画师特别仔细地画了她的门牙，方方正正的两颗，牙缝还有点宽，她看着就像只面无表情、毛茸茸的白兔子，安娜想：我的模样可没这么傻，不过话说回来，不是所有人的漫画像都能上报纸的。下次画像的时候我要记得，别露牙齿，下巴稍微往上抬一抬。不过他们干吗总让你笑呢……

安娜·艾梅林小小的手绘本装帧精美，总

给读者以愉快的阅读体验。并且，她的绘本已经被翻译成了多种文字，获得世界各国读者的认可。今年的故事侧重在蓝莓和越橘的采摘收集上。诚然，艾梅林对北欧森林景色的描绘有一种强悍的说服力，画面相当引人入胜，但当掩卷沉思时，我们不仅要问，这些兔子是否沦入刻板印象的俗套之中……

得了得了，安娜自言自语。绘本的创作又不是那么简单的事，再说每一次的情况也不一样……

孩子们的来信只能暂搁一旁稍后处理了。屋子里袭来的阵阵寒意让安娜裹紧了毯子。夜幕渐渐浓了，她点亮了灯，从插着书签的地方继续阅读起来。一如她所预期的那样，在阅读《吉米的非洲历险记》时，整个世界又再次归于寂静。

7

这天冷得毫不留情。松德布卢姆夫人腿脚不利索，利耶贝里只得一次次地将通往兔子屋岔路上的积雪清扫干净，这样她才能拖着吃力的步伐去艾梅林家大扫除。松德布卢姆夫人每周去一次，虽然二楼长期没人住，不需要清扫，但对上了年纪的老太太来说，这样的工作也够繁重的了。松德布卢姆夫人也常常抱怨，自己赚得太少了些。

“光是靠织被单的活计，你就已经赚得不少了，”尼高家的老太太这么劝她，“你就直接告诉艾梅林小姐，大扫除这活实在太累人了。村里的壮劳力多的是，随便找个人接手就行。听说卡特丽·克林早就辞掉了杂货店打杂的工作，况且她还给兔子屋送过几次货，你不妨找她聊聊。”

“找她？”松德布卢姆夫人脱口而出，“你知道的，谁没事会去找卡特丽·克林聊聊啊？反正我不会。我可是有原则的。”

“什么原则？”老太太问。

松德布卢姆夫人似乎没有在听。她冷冷地看着窗外，发了几句牢骚，什么雪下个没完没了啦，就是那些老掉牙的话。说完她就走了。来尼高家做客的人，总会在摇椅上坐一会儿，享受片刻，只有松德布卢姆夫人例外，她对于一切摇摇晃晃的东西都感到头疼，所以经常坐在门边的沙发上。或许只有她一个人未曾察觉，尽管这个庞大家族的几代人始终不断进进出出，但厨房始终保持异常的宁静。这种宁静让人安心，原本匆忙的节奏也自然而然放慢下来。尼高家的老太太喜欢在炉灶旁活动，或者干脆坐在炉灶前的扶手椅里，双手交叉着放在肚子上。因为嫌太占地方，村里的大多数人家都拆掉了炉灶，他们的厨房也因此变得冷清寂寥，缺乏生气。在尼高家，一切都还保持原来的模样。女儿和儿媳们在编织钩花时，总会沿袭外婆挑选的颜色和女主人看中的款式。这也是尼高家的床品广受欢迎的原因。一次，有人建议尼高家的老太太，将手工制作的床品委托给村里的杂货店售卖，她照例去找卡特丽·克林商量这件事，结果被她一口回绝。卡特丽说：“绝不能让中间商掺和进来，他们会要求很高的提成，这就变成了一笔赔本的买卖。谁想要买，就让他们自己找上门来。故意把过程复杂化。他们登门亲自挑选心仪的样式，这感觉和狩猎差不多。”

和其他人一样，卡特丽也会做些针织的手工品。可她总是挑选厚重的色彩，做出的成品未免太黑暗、太阴郁了些。

雪还在不停地下，由于没有铲雪车的清扫，利耶贝里只得再次滑雪去城里采购。虽然心里并不乐意，可他是个热心人，就算只有一些小东西，他也会接下订单跑一趟。比如药品啦，内衣啦，室内盆栽的花肥啦，等等，只要还能装得下，他都会捎上。毕竟他只有一只大背包和一副雪橇，一次带不了太多东西。他优先考虑的是生活必需品和生鲜食材。一般来说，村里人会到杂货店里把自己的订单开列出来。从图书馆借书这事，利耶贝里是会断然拒绝的。他曾和卡特丽建议过，马茨想要看书的话，不妨问艾梅林小姐借。她家有长长的书架，上面堆满了书，自己亲眼见过的。可是卡特丽不想和安娜·艾梅林讨论有关读书的问题。再去兔子屋送货的时候，她连靴子都不脱了，只是简单打声招呼，寒暄两句，然后就带着狗回去了。卡特丽已经放弃了原本的念头。她已经意识到，善意是假扮不出来的。若想接近安娜·艾梅林，单纯的善意是必须的，而这种善意已经超出了卡特丽给自己划定的界限，远在她能力范围之外。

尼高家的老太太打电话给安娜，问她要不要过来喝杯咖啡。她们两家住得不远，尼高老太太说，不行的话，她可以派某个孙子过去接安娜一趟。

“你真贴心，”安娜本来就对尼高老太太挺有好感的，“不过外面实在太冷了，你知道的，出门一趟简直太费周折了……”

“是啊是啊，非常理解。这季节，只有迫不得已的时候才会出门。要么就是突然来了兴致。那喝咖啡就再等等好了。你过得怎么样？一切都还顺心吗？”

“挺好的，谢谢。”安娜说，“还劳烦你惦记我。”

尼高家的老太太沉默了片刻，然后补充道：“以前，你父亲经常在村里走动。我对他印象很深。他留的络腮胡可帅气了。”

就在同一天，卡特丽送东西过来了。

“先别急着走，”安娜恳求道，“稍等一会儿，克林小姐。你一直都很帮忙。这房子是我爸爸妈妈留下来的，我想带你看看。”

她们一起走进兔子屋，按照安娜定下的顺序，一个房间一个房间地参观过去。在卡特丽眼里，这些房间都没有太大区别，因为渐渐褪去的蓝色而显得有些颓废。安娜一直在热心地介绍："这里是爸爸以前坐着看报纸的椅子，他是唯一一个在杂货店订报纸的，虽说报纸不是每天都有，但他还是坚持按照日期顺序阅读……这盏台灯，是妈妈睡觉前读书用的，灯罩的花边是她自己编织的。这张照片是在汉科拍的……"卡特丽一直非常安静，只是偶尔简短地评论两句，她们走着走着就来到了二楼，二楼简直冷得可怕。"这里一向都这么冷，"安娜解释说，"以前都只是给用人住的。客房也总是空着，爸爸不喜欢家里人来人往的，怕打破他的生活规律，你理解吧……但他写过很多信，为此还专门去杂货店寄……你知道吗，克林小姐，虽说爸爸在这个村里几乎不认识什么人，但只要见到他走过去，大家都会摘下帽子和他打招呼，完全是自发的。"

"真的吗？"卡特丽说，"那他也会摘下帽子吗？"

"帽子，"安娜有些失神地重复道，"他是不是有过帽子……说来也怪，我都不记得他的帽子什么样……"然后，她又接着刚才的话头往下说。

卡特丽看得出，安娜的情绪有些激动。安娜今天的话特别多。她又提到圣诞节的时候，妈妈去村里挨家挨户接济穷人，把燕麦面包分给他们吃。

“他们不会觉得屈辱吗？”卡特丽说。

安娜抬头看了一下，眼神迅速闪躲开来，然后继续自豪地炫耀爸爸的集邮册、妈妈的私家菜谱、狗狗泰迪的坐垫等等。爸爸的行事历上，事无巨细地记录着一年来的好事和种种劣迹，以便在除夕夜进行总结和反思。这还是第一次，安娜在父母留下的房子里肆意妄为，质疑一切所谓的价值和爱意，对禁忌的挑战让她沉迷其中，无法自拔，她已经无法停止，迫使客人看见和听见越来越多父母的奇闻逸事。在暴露于卡特丽的沉默之前，这些故事的意义就已经被摧毁殆尽。那种不合时宜的尴尬，就仿佛在肃穆的教堂中放声大笑一般。这是一场大逆不道的背叛，而安娜任其发展，没有任何阻拦的意思。她的嗓音越发尖锐，步伐也变得仓促，险些在跨过门槛时绊倒。卡特丽温柔地挽住她的胳膊，说道：“艾梅林小姐，我该告别了。”安娜突然安静下来。卡特丽亲切地补充了一句：“你的父母应该是相当有个性的人。”

卡特丽走到院子里，给自己点上一根烟。狗跟了上来，他们一起往山下走去。那种怀疑和犹豫再度袭来，不停在她心头萦绕：我为什么要说出那番话。是因为她吗？是我替她着想，不愿意看见她因为暴露太多隐私而难堪？不！那是为了我自己吗？不！事情已经陷入了恶性循环，必须就此叫停。太夸张了，越来越离谱，我不能再胡思乱想下去了。

卡特丽离开后，安娜突然有种不寒而栗的感觉，仿佛这屋子里，一瞬间挤满了人。她心里涌起一股冲动，想要给谁打个电话，无论是谁都行。可要说什么呢？该说的话，她刚才已经说完了，甚至说得有点太多了，现在已经无话可说……不管怎么说吧，安娜思忖着，还有一件事我没提。我还没给她看过我画的画。

当然了，这些画和爸爸妈妈没有半点关系。

星期三是例行大扫除的日子。松德布卢姆夫人从兔子屋回家的路上，遇见了卡特丽和她的狗。她们在山坡的岔道上停下脚步。松德布卢姆夫人先开了口："我说这话请你别多心，不过艾梅林小姐已经连续几周没吃到新鲜食材了，以前都是我帮她送生肉内脏之类的。"

卡特丽答道："艾梅林小姐不喜欢内脏。"

"你是怎么知道的？"

“她自己说的。”

“还有，冰箱怎么整理过了？”

“里面太脏了。”

松德布卢姆夫人一点点涨红了脸，整个人简直要气炸了，怒不可遏地说：“克林小姐，打扫卫生的事一向由我负责，我有我的习惯，我也不喜欢其他人横加干涉，贸然插手。”

卡特丽微微一笑，没吭声。在她大灰狼一般的笑容面前，任何人都会败下阵来，松德布卢姆夫人完全失了态，扯开嗓门大声嚷嚷：“对！对！就是这样！眼见着老小姐脑子开始不清不楚，有些人就会虎视眈眈，想要进来分一杯羹！”说完，她拖着不利索的腿脚，跌跌撞撞地下了山。

卡特丽进了兔子屋，将包裹放在餐桌上，然后退后几步，直截了当地解释说，自己不能待在这儿。

“你真的没空吗？就一小会儿？”

“我不是没空，我只是不能待在这儿。”

“克林小姐，所以你是不想待在这儿吗？”

“对。”卡特丽答道。

安娜笑了，她的脸上没有一丝一毫的困惑，异常平静而坦诚地说：“你知道吗，克林小姐，我从没见过任何一个人，像你这样真诚得可怕——对，我用了可怕这个词，因为实在没有其他词语可以形容你真诚的程度。我下面要说的非常重要，希望你能听完。你还年轻，或许对人情世故还不够了解，但请相信我，几乎所有的人，都会试图想象一些东西，一些和他们身份地位不符的东西。”安娜沉思了一下，然后补充道，“尼高家的老太太例外，但那是另一回事……你知道，我无时无刻不在观察，我所能捕捉到的细节，远比人们以为的要多。请别误会，他们当然是出于好意。我这辈子还没碰上过什么坏人。但不管怎么说吧……克林小姐，你永远都只做你自己，从某种意义上说，让人觉得很……”安娜迟疑了一下，然后继续道，“与众不同。大家都愿意信任你。”

卡特丽瞥了安娜一眼，她的表情真挚而友好。自己朝着征服兔子屋的目标又迈近了一步。安娜继续道：

“我没有冒犯的意思，克林小姐。可不知怎的，你说话从不按常理出牌，也不会按照别人期待的意思去说，这一点让我觉得很有意思。你说的话——我直说了啊——根本做不到所谓的得体……而得体，有的时候基本等同于背叛和欺骗。你明白我的意思吧？”

“嗯，”卡特丽说，“我明白。”

卡特丽和狗继续向岬角走去。雪又大了起来，很快就要迎来春天了。一个属于卡特丽·克林的春天。在这场高段位的较量中，卡特丽·克林总算扳回一局，一切都朝着她预期的方向发展。她的体内涌动着新的活力，她迎着漫天飘雪，奔向海边，直接跪在雪地之中。她高举双臂，狂笑着。狗在通往灯塔的路上停了下来，喉咙里发出警惕而沉闷的声响。“安静点，”卡特丽说，“别动。”她在给自己下命令。现在的问题就是要保持冷静，切勿轻举妄动。这场较量还在继续，她已经能够拿起自己的武器去战斗。她深信，一切都是纯粹的，完全出自真心。

8

“这是部分订单，我已经在见证人一栏签了名，不过艾梅林小姐最好还是再检查一遍。这里是利耶贝里上次帮你取的钱。”

“你人真好。”安娜说完，将信封随手塞进桌子抽屉。

“你不需要点一下吗？”

“为什么？”

“要确定金额没错啊。”

“我亲爱的小姐，”安娜说，“我非常确定金额没错。他现在还是滑雪去城里采购吗？”

“是啊，他还是滑雪去的。”卡特丽迟疑了一下，然后继续道，“艾梅林小姐，有件事我想和你说一下。利耶贝里在铲雪和清管道这两件事上多收了你的钱，包括人工和材料费。我已经和他说过了，让他把钱退回来了。给。”

“这么做不合适吧，”安娜脱口而出，“没人会这样……再说你怎么就肯定他多收钱了呢？”

“我已经查过所有项目报价，然后问了他最后收的总价。就这么简单。”

“这我实在没法相信，”安娜说，“完全不信。利耶贝里一家都很喜欢我，我知道的，他们一向很喜欢我……”

“相信我，艾梅林小姐。大家都喜欢好骗的人。”

安娜摇了摇头。“这事真挺尴尬的。”她说，“特别是现在，阁楼的窗户又漏风，有时候雪都会刮进来……”

“相信我，”卡特丽重复道，“没什么可尴尬的。你只要说一声，利耶贝里肯定乐意过来帮你把阁楼窗户给修好。而且这一回，他会对你另眼相看，绝不多收一分钱。”

可安娜的情绪依然很激动。她坚持认为，整件事情给人感觉非常别扭，而且根本没必要弄这么一出。利耶贝里和她之间的信任已经荡然无存。况且并不像人们以为的，钱在任何时候都是第一重要的。

“一些小钱、零钱或许没那么重要，”卡特丽说，“但重要的是为人正直，不上当受骗，这事和钱没关系。如果你在未经许可的前提下多拿了一个人的钱，那么除非你能让钱生钱，并且以公平分配的方式归还给对方，才有可能获得原谅。”

“亲爱的小姐，就这么简简单单一件事，你一股脑儿说了这么多。”安娜明显有些心不在焉。

对话进行到现在，卡特丽明显受到了刺激，言语也不那么谨慎了。她说:“我们现在即将切入正题。告诉我，你每个月付松德布卢姆夫人多少钱？”

安娜舒展了一下胳膊，语气变得生硬起来，一如她爸爸曾经对待用人的态度:“我亲爱的克林小姐，这种细枝末节的小事，我实在想不起来了。”

9

这天，马茨·克林在村里的小路上碰到了利耶贝里。

“怎么，今天是你出门遛狗？”利耶贝里说。

“是啊。我要去艾梅林小姐家一趟，找她谈一下阁楼窗户的事。”

“我听说，这次负责维修的人是你。据说窗户漏了，会飘雪进来。”

“而且水槽又堵了。”

“没错。”利耶贝里说，“都是你姐姐一手安排的，不过这样也挺好。眼看着就要化冻了，船坞的工作也应该逐步恢复起来了。有些零碎的活还等着你做呢。对了，我在考虑，让你去船只下水的那一面盯着。”

“可这事，你都还没和别人提过。”

“现在还没必要。对了，上山那条岔道上的雪已经扫过了。”

马茨点点头。

“松德布卢姆夫人打算辞了艾梅林小姐家的工作，”利耶贝里继续说道，“对外嘛，她说是自己腿脚不利索，上下山都不方便，不过坊间也有其他传闻。”

马茨根本没顾得上听，只是又点了点头。

他们互相道了别，朝各自的方向继续走去。

云杉林紧紧贴着兔子屋，因此后院总是笼罩在一片阴影之中。这儿真孤单。马茨心想。这幢房子也是孤零零的，可能是太大的缘故。狗还是趴在台阶旁的老地方，将鼻头埋在爪子里。

“想必你就是马茨。”安娜·艾梅林说，“你能来真是太好了。我看你把修理的工具也带来了。不过窗户这事其实也不是那么着急……你可以把靴子脱了进来坐一会儿。”她看了看趴在台阶旁的狗，说，“怎么不让它也进屋暖和暖和呢？你姐姐从不让它进门。”

马茨回答说：“还是让狗待在外面比较好。”

“可它不会口渴吗？还是说，它渴了就直接喝雪水？”

“应该不是吧。”

“好乖的狗。”安娜怜惜地说，“它叫什么名字？”

“艾梅林小姐，不用替它担心，它没事的。”马茨边说边脱掉靴子。

他们在客厅里喝了咖啡。马茨尽量不主动说话，只是偶尔冲她笑笑，然后用欣赏的目光打量着房间。这让安娜很是高兴。

“这就是所谓的雪光。”她解释说，“积雪上的日光都被反射了回来，映照得周围亮堂堂的。”安娜很喜欢马茨·克林。打从他一进门，她心中的好感就油然而生。这姐弟俩的气质也差太多了，不过都属于沉默寡言的类型。

“你知道吗，”安娜说，“一开始我见到你姐姐还有点害怕呢。挺傻的，是吧。”

“是很傻。”马茨说完，又微微笑了一下。

“真的。而且对于这条陌生的狗，我居然还挺钦佩的。虽然它就是静静趴在那儿。卡特丽提出要帮忙大扫除，我答应了，现在想来还挺庆幸的。”

松德布卢姆夫人宽厚威严的背影猛地从她脑中一闪而过，安娜不禁打了个哆嗦，叹了口气，然后又陷入沉默。

马茨说：“我看，艾梅林小姐好像在读《吉米的非洲历险记》。这本书相当不错。”

“是很不错。”

“嗯，不过《吉米的澳洲历险记》更好看。”

“是吗？那本故事里，他还带着杰克吗？”

“没有。杰克留在南美了。”

“这样啊，”安娜叹息道，“那真可惜。我是说，两个伙伴如果一起出发去探险的话，就应该携手并肩走到最后，不然总感觉受了骗。”她站起身说，“过来看看我家的书吧。你读过福里斯特的海战故事吗？”

“没有。”

“那杰克·伦敦的小说呢？”

“他的书早就被借光了。”

“我亲爱的年轻朋友，”安娜忍不住说，“等你读完了这些书再和我讨论吧。对于什么是真正的历险，你还一无所知，所以一个字都别说。”

马茨笑了笑。安娜家的书架很高，统统刷成白色，四角还装饰着精致的雕塑。他们一起从书架间穿过，对于自认为重要的话题各自提出简短的问题，然后进行评论。安娜书架上藏书的种类非常单一，只有探险的题材——陆地上的，海洋里的，乘着热气球飞上天的，挖地三尺来个地心之旅的。绝大多数都相当有年头了。它们都是安娜爸爸收藏多年的宝贝，在其他人眼中，它们无非是从荒谬的幻想中获得的极度自由而已。有时安娜在想，在爸爸教育她必须尊重的所有东西里，只有这些藏书才是最好的。不过这只是她怯懦的想法，爸爸其他的伟大观点，不应该因此而黯然失色。

马茨带着一大包书回了家，修阁楼窗户的事压根儿没提。他答应安娜，明天会把《吉米的澳洲历险记》这本书带过来。安娜则给城里的书店打了一通长长的电话。

马茨修好了阁楼的窗户和水槽的管道，他还铲了雪，劈了柴，给安娜漂亮的壁炉生了火。但他去安娜家，通常就是为了借书。一种小心翼翼、近乎羞赧的友谊在安娜和马茨之间渐渐滋生出来。他们之间的话题仅限于彼此看过的书。交谈的时候，他们不用特意挑明，就能知道对方说的是哪一个系列里的主人公，是杰克还是汤姆，还是最后表现出这样或那样的简。他们聊起这些，就好像毫无恶意地八卦身边的某个熟人一样。他们会进行批评或赞赏，有时表示出不可思议。他们讨论大团圆的结局，比如遗产的公平分配、盛大的婚礼，或是坏人最终得到报应。安娜又将那些书读了一遍，就好像拥有了广阔的朋友圈，陪着他们共同经历了喜怒哀乐。她的心情越来越愉快。每天晚上，马茨过来的时候，他们会坐在厨房里，一边喝着茶，一边交流读书心得。卡特丽一进来，他们就立刻安静下来，等她离开后再继续讨论。通往后院的大门悄然无息地关上了，卡特丽自己回了家。

安娜问：“你姐姐会读我们这些书吗？”

“不会。她只读纯文学。”

“她真是个有个性的女人。”安娜感慨道，“而且在数学上还很有天赋。”

10

早春的第一场暴风雪从海面席卷而至，登陆后变成一股带着暖意的狂风。雪势依然猛烈，但已经初露疲态。森林里，大块的积雪从枝头簌簌落下，让弯折已久的树枝重获自由。整片森林都在蠢蠢欲动。傍晚，安娜在屋后的森林里散步，她会驻足很久，静静倾听着哪怕最微小的声音。大自然仿佛已经捕捉到春的气息。安娜能感觉到熟悉的躁动，还有春天渐近的脚步。就在她侧耳聆听之时，兔子屋也悄然起了变化。它变得更为拘束，更为严厉。树梢在风中剧烈摇摆着，发出阵阵呼啸，时而像动人的音乐旋律，时而像遥远的嘶吼呐喊。安娜不由得点了点头。漫长的春天就此拉开了序幕。

很快，她就能感受到这片沉睡已久的大地了。

第二天，暴风雪仍在继续。卡特丽回到家，在台阶上跺了跺脚，甩掉靴子上的雪。杂货店里挤满了人，充斥着酸臭的汗味，空气中弥漫着紧张的气息。卡特丽的出现让人群顿时安静下来，还是松德布卢姆夫人打破了沉默："你好啊。艾梅林小姐今天还好吧？没有新签什么文件？"

杂货店老板笑了起来。卡特丽从他身边擦过去，径直朝着楼上走去。

"哎，我怎么说来着，"埃米尔·胡斯霍尔姆接过话头，"如今这光景不好过啊，大家都得留神点。说到底也没多远，他们总有一天会找到这儿来的。很快，睡觉前，家家户户就都得把门窗锁严实了。"

"警察怎么说？"利耶贝里问。

"警察能怎么说？他就是在周围转了转，问了两句，然后就回家写报告去了。据说，连窗帘上的绑绳都没了。"

"上帝保佑，"松德布卢姆夫人脱口而出，"艾梅林小姐家里，连一把像样的门锁都没有，现在可好，倒霉了吧！"

卡特丽在楼梯前停下脚步。

"他什么都没看见吗？可怜的家伙。"利耶贝里问。

"没有。他听见屋子里有响动，然后赶紧过去看，结果脑袋上狠狠挨了一拳。就这样。"

马茨正躺在床上看书。“喂，”他说，“你听说了费伊湾那边发生的入室抢劫案吗？”

“听说了。”卡特丽边说，边将大衣挂起来。

“你不觉得很可怕吗？”

“可怕啊。”卡特丽答道。她走到床边的桌前，背对着马茨，随便挑了一本他的书翻看起来，房间里再次陷入寂静。卡特丽做梦都没想到，那本名叫《警察被卡勒牵着鼻子走》的书里，清清楚楚地写明了她暗藏的想法。那本书其实也不错，只不过她没读出其中的幽默。

在计划对兔子屋假装进行偷窃时，卡特丽丝毫不认为自己的行为相当幼稚：她只是获得了一个契机，一个趁着风声尚未过去、村民仍在骚乱的时候，必须抓紧实施的大好时机。

当晚的后半夜，卡特丽对狗打了个手势，示意它跟上，然后戴上手套，拿起手电筒，带了一只装土豆的麻袋，顶着风雪出了门。风呼啸着掠过海岸，吹得人睁不开眼，看不清路，一如顶级探险小说里描写的情形。手电筒的作用已经微乎其微，她在狂风中跌跌撞撞地往前走，一次又一次被吹到路边，然后再艰难地找回原来的路。她的行动变得极其迟缓，甚至还一度迷了路。她好容易找到岔路口，摸黑上了坡。卡特丽让狗还是等在厨房外台阶旁的老地方，这一回，她没有脱掉靴子，而是将外面的雪全都带到了地毯上。风猛烈地刮了进来，仿佛一股不容抗拒的邪恶力量。卡特丽将手电筒放在一旁的餐边柜，那里整整齐齐陈列着家族祖传的银器，它们被卡特丽擦得锃亮。就着手电筒狭长的光，她将这些银器统统拢进了麻袋：水壶、糖罐、奶油碟、甜品碗。她小心翼翼地逐一打开厨房的抽屉，把里面的东西都放在地板上。走的时候，她故意将厨房的后门大敞着。这是一起再明显不过的入室抢劫了。卡特丽将此视为一次纯粹的实操，没有任何演戏的痕迹，也无关任何的道德谴责。就好比在对弈时，她不过移动了一枚棋子的位置，从而改变了整个棋局的走向，而安娜不过是一个面临新棋局的对手。

等离开了岔路，回到村里的道路后，卡特丽立刻将装满赃物的麻袋扔在路边，然后走路回家。这么久以来，她还是头一回睡得如此安稳，没有一丁点纠结或焦虑。

对于不速之客的闯入，安娜表现得出人意料地平静，但村民们已经焦虑到了极点。他们和安娜·艾梅林不熟，绝大多数人甚至不知道她长什么模样，因为她几乎不在村里出现。她已经变成了一种概念，一个始终留存某处的古老路标。冲艾梅林老小姐的兔子屋下手，简直就是令人不齿的行为，无异于洗劫了一座教堂，或是亵渎了某个神龛。邻居们一个接一个地赶来，表达他们的慰问之情。很多人还是头一次进入兔子屋，看到事发现场时又是大吃一惊：厨房的抽屉被翻得乱七八糟，东西散了一地。安娜不许任何人触碰，她希望在警察到来之前，尽量让一切保持原样。安娜解释说，上面或许还留着指纹。那只装满银器的麻袋就靠在厨房后门旁，安娜也不许别人乱动。很多客人都带了甜点，利耶贝里甚至还带了一小瓶白兰地过来。

安娜很享受和警察的会面。她说了很多，解释了很多，尽一切所能希望帮警察还原出真实的犯罪现场。卡特丽为大家都煮了咖啡，警察也为安娜提供了很多有用可靠的建议。尼高家的老太太最后经过总结，给出一个最为普遍的意见：整个地区目前很不安全，在这种状况下，安娜·艾梅林不适合继续独居下去，一旦出了什么事，村里人没法对她负责。尼高家的老太太建议，卡特丽·克林可以临时担任保护人的角色，毕竟她有一条狗，狗还可以守在外面看门。一直以来，尼高家的老太太都是一位经验丰富、德高望重的人物，就连警察都很认可她的看法。在喝完咖啡后，警察立刻赶回城里撰写报告，村民们也陆续告别，最后，客厅里只剩下安娜和卡特丽两个。

“好吧，”安娜说，“这儿简直就是一场闹剧。可我实在不明白，他干吗不从表面取几枚指纹下来，这不是常规做法嘛。再说那个贼，把麻袋扔到路边沟里这点，也让人不能理解。他到底在怕什么……大半夜的，外面一个人都没有。没准他撞见了狗？总不至于是他良心发现吧……不过你觉得，狗会大半夜跑外面晃悠吗？”

“可能吧。”卡特丽说。

安娜坐在桌边想了想，突然问卡特丽是否读过侦探小说。

“从来没有。”

“我也没有……我就是在琢磨尼高老太太说的话……大白天的时候，大家都还不敢胡来，到了晚上可就不好说了。你愿意带着狗过来陪我，真是太好了。不过你们只要住几个晚上就行，很快我就把这一切都忘了。我这个人很健忘的……”

11

卡特丽搬进了兔子屋，她的狗也在门厅的一角找到了栖身之地。第一天，卡特丽整个人显得特别紧绷，哪怕是再简单不过的事，她似乎都力不从心。她唯一确定的就是，自己在这个房子里行动时，必须轻手轻脚，尽可能变成一个隐形人，不打破安娜长期以来独居形成的生活规律。况且她只有短短几天的时间，每一分每一秒都弥足珍贵。她必须在几天内争取到整幢房子的控制权，同时还要说服安娜，即使在有人陪伴的前提下，保持自己的独立性也是很重要的。可安娜成天坐在火炉前，抱怨自己冷得要命，还说自己以前从不觉得，这房子是这么空旷，这么孤独。

卡特丽进来道了声晚安。“那个，”她试探地开了口，“我觉得你家的门锁不太管用。”

“怎么了？”安娜突然站起身，“什么锁？”

“我是说，你家的大门上都没有配一把像样的锁。既然没有锁，你就要从现在开始做到随手关门，而且一次也不能忘，这也挺有压力的……”

安娜生气了。“你在说什么啊？”她说，“我为什么要随手关门？这地方已经够憋屈的了！你消停点吧，赶紧睡觉去。”

每天早晨，卡特丽会悄无声息地做好早饭，将餐盘放在安娜的床边。壁炉的火生起来了，豌豆剥好了，睡袍也补好了。就连安娜看了一半的书，都翻开在了夹着书签的位置。这种细致体贴的小细节随处可见，而且从早到晚从不间断。卡特丽则始终是个隐形人。安娜越发觉得别扭，感觉就好像屋子里突然出现了一个幽灵，童话传说里不是写过吗，古堡里会有那种听话的精灵出没，神不知鬼不觉的，你可能偶然瞥见一个身影，或是捕捉到一声响动，可只要一转身，对方立刻消失得无影无踪。卡特丽连开门关门都是静悄悄的。安娜自己住了一辈子，这还是她头一次明显察觉到房子里异常地安静，不由得感到脊背发凉。傍晚的时候，为了避开门厅里的狗，她特意从屋外绕了一圈，从后门进了厨房。厨房里空荡荡的。她又赶紧冲上二楼，在门外大喊着:“克林小姐!你在不在里面?你到底在哪儿?”

卡特丽打开房门。“怎么了?”她问,“出什么事了……”

“没什么!”安娜答道,“就是因为没出什么事。你总是蹑手蹑脚的,我永远不知道你在哪儿。感觉就好像墙后面藏了只老鼠一样!”

卡特丽改变了策略。现在,她轻快的脚步声传遍了房子里的每一个角落。她卖力地刷洗碗碟,在院子里劈柴,还经常向安娜问这问那。最后安娜终于忍不住说:“亲爱的克林小姐,这些问题你自己就能解决,干吗来问我呢?你好像已经不再是你自己了。我向你保证,你不需要担心什么,完全不必这么紧张。”

“艾梅林小姐,我不懂你这话的意思。”

“我说的是入室抢劫的事。”安娜不耐烦地说,“谁知道那个毛贼安的什么心思。”

卡特丽大笑起来。笑声爽朗而纯粹,显得无忧无虑。她的脸庞仿佛花朵般绽放开来,散发着愉悦的光芒,嘴咧得大大的,露出一口漂亮整齐的牙齿。

安娜仔细地端详着她,说道:“我从没见你笑过。你是很少笑吗?”

“对，很少。”

“那今天什么事这么好笑？关于那起入室抢劫案吗？”

卡特丽点点头。

“好吧，某种程度上说是挺可笑的。不过话说回来，无论什么原因吧，你都不像是你自己了。你比从前活泼了一些。”

下午三点，电话铃响了。卡特丽拿起了听筒。

“哦，是你啊，”杂货店老板说，“现在艾梅林小姐自己都不接电话了啊。麻烦你转告她，警察已经抓到小偷了。他们闯进了一幢新建的房子，作案的时候被当场抓获。真不知道现在的保安都是干什么吃的。”

卡特丽说：“我要两瓶牛奶和一罐酵母粉。先记在账上吧。”

“你开始烤面包了？看来你都快成兔子屋的大管家了。”

“就先这样吧。如果缺其他东西的话，我会再打电话过去的。”卡特丽挂断电话，回到厨房。

“店老板怎么会打电话过来？”安娜在她身后问道，“他从没主动打过电话。”

“我订了一罐酵母粉。面粉已经有了。”卡特丽站在半开的门前，目光直视着安娜。最后她冒出一句："警察抓到他们了。"

"你说什么？"

"小偷。危险已经解除了。"

"真是个好消息，"安娜说，"我还挺意外的，没想到警察办事效率这么高。对了，我差点忘了说了，你能让马茨去看看你房间里的壁炉吗？它就从没好使过。要是天气还这么糟糕的话，你睡觉的时候会被冻生病的。不生病也够呛。"安娜最后补了一句，然后回去继续看她的书。

傍晚的时候，卡特丽抱了些木柴进来，给客厅的壁炉添了些燃料。"外面湿漉漉的，"她说，"堆在外面的柴火应该盖点东西，要么就放木柴棚里。"

"那没戏。爸爸向来不喜欢木柴棚这种东西。"

"可是很快雨季就要来了。"

"我亲爱的小姐，"安娜说，"我们从来都是把柴火靠墙放的，加一个棚子之类的会破坏这房子整体的线条美感。"

卡特丽露出一丝苦笑，说："其实吧，这房子也没你以为的那么漂亮，当然了，等雨季来了，情况还可能更糟。"

新添的木柴完全点燃后，安娜在壁炉前坐下，说道：“烤火的感觉真好。”然后漫不经心加了一句，“多亏了你，把这房子一点点恢复成原来的样子。真好。”

第二天，安娜提议说，他们三个可以一起吃一顿像样的大餐。卡特丽不用在厨房吃。桌上会摆上银餐具，点上蜡烛，她还会准备葡萄酒。

安娜对餐桌的摆设非常讲究，在一些小的细节上反复琢磨调整，对卡特丽这一代人来说，专注于这种繁文缛节完全没必要。马茨准时出席，他显得彬彬有礼，但不免紧张局促。三个人在餐桌边坐了下来。为了这顿晚餐，安娜还精心打扮了一番。身为家里的女主人，她从来都表现得泰然自若，不过今晚，她周到而温和的态度却不尽如人意。她尝试着提及几个话题，却并未引起反响，于是她不顾客人的冷场，任由晚餐继续进行。每当卡特丽起身布菜时，安娜都会迅速抬起头移开视线。在水晶吊灯的映衬下，餐桌布置显得美轮美奂，烛光摇曳闪烁，就连壁灯都熠熠生辉起来。最后，卡特丽将甜点端了上来。

安娜握住酒杯，却并没有举起来。这突如其来的举动仿佛让空气凝滞了一般，客人们也感受到了异样，整个房间顿时僵化，就好像一张照片。

“关注，”安娜开了口，“对他人投入全身心的关注，极其难得而且罕见。反正照我看，这种事不会每天都碰到……这需要经过长期的观察和思考，去发现对方究竟需要什么，渴望什么，只可意会不可言传。当然，很多时候我们其实连自己都不够了解。我们或许以为对方喜欢孤独，但其实恰恰相反，对方很需要陪伴……谁知道呢，不可能每次都猜得准……”安娜顿了顿，似乎在脑海中搜寻合适的词语，然后举起酒杯一饮而尽，“这酒味道有点酸，怕是放太久的缘故。家里是不是还有一瓶没开的马德拉酒？算了算了，就这样吧，别打断我。我想说的是，很少有人愿意把时间花在倾听和理解上，更别说对另一个人的生活感同身受。这些天我一直在想，克林小姐，你是多么与众不同，且不说你模仿我的签名，简直和我自己的笔迹一模一样。你对我的体贴和细心令人折服，你对其他人似乎都没这么上心。这一点也很不同寻常。”

“也没什么寻常不寻常的，”卡特丽说，“马茨，麻烦把奶油递过来。纯粹就是观察而已。你观察到某种习惯、某种行为模式，发现缺失与不足，然后尽量去满足，让一切各归其位。完全就是程序化的事情。尽人事听天命，然后就等着瞧呗。”

“等着瞧什么？”说这话的时候，安娜明显有些愠怒。

“等着瞧事态会如何发展。”卡特丽直勾勾盯着安娜，一双眼睛显得格外地黄。她一字一顿地说道：“艾梅林小姐，其实人和人之间所做的一切，几乎都没有任何实际意义。重要的在于他们的动机是什么，他们想要达到什么目的，又想要实现何种目标。”

安娜放下酒杯，看了看马茨。马茨冲她微微一笑，对于加入对话毫无兴趣。

“克林小姐，”安娜继续说道，“你的担心真是挺奇怪的。如果一个人能让你开心，或是帮你做了件好事，人家自然是好心，那就坦然接受好了……那瓶马德拉酒是什么情况，要么就换波特酒好了。把爸爸珍藏的那瓶拿过来。就在柜子最上面，靠右的位置。别打断我，我的话还没说完。”安娜不耐烦地等着。当玻璃杯再次斟满了酒，安娜用几乎发怒的口吻，急速说道，既然楼上的房间都空着没人住，那么让卡特丽和马茨搬进去，完全是最为务实的安排。她忘记了最后干杯的仪式，直接从餐桌边站起身，敷衍地祝他们晚安，说剩下的事等明天再讨论，最后还吩咐马茨，别忘了把炉火彻底浇熄再睡觉。

一回到自己的房间，安娜立刻感到莫名的恐惧，一颗心揪得紧紧的。她站在门后，忐忑不安地等待着，但卡特丽并没有跟过来。她应该要来，和她对质才是。最后，安娜钻进被窝，试图回避那个她已经无法撤回的决定：结束独居生活。床上太热了，房子里安静得恐怖。安娜掀开被子，跑下楼梯。客厅里空荡荡的。路过门厅的时候，她还被趴着的狗绊了一下，嘴里嘟囔了几句抱歉，然后冲出门走进雪地。身后的大门被狂风“砰”的一声扣上了。安娜在森林里跌跌撞撞地走了几步，立刻感到刺骨的寒意，仿佛在向她发出冷静的警告，迫使她停下脚步。卡特丽静静站在厨房窗边，等待着。安娜终于回来了，她“砰”的一声带上门，紧接着是漫长的宁静。再然后，安娜突然提高嗓门，怒气冲冲地大吼起来：“克林小姐！你的狗掉毛，毛掉得到处都是，你得赶紧处理一下！”

卡特丽依然耐心等待着，直到安娜的脚步渐渐远了，她才深深地长舒一口气，然后继续沉默地洗着盘子。

12

他们请爱德华·利耶贝里用货车帮忙搬家。家当也很简单：一些纸箱子、两只行李箱、一张小桌子和一个书架。

“没问题，”利耶贝里一口答应下来，“反正距离不远，我也熟门熟路。不是所有的村子都通公交车的！”听见他笑着打趣，那感觉真好。卡特丽将杂货店二楼的房间打扫干净。打扫的时候，她内心浮动着隐忍不发的愤怒，就好像女人不能还手时的无声反抗。她自动摒弃掉邻居们关于嫉妒和小恩小惠的那些不上台面的议论，同时清理掉的还有黑夜里辗转难眠的愁绪和阴暗想法。当然，她打扫最卖力的区域还是门前的过道。店老板有事没事就会在那里晃悠，虎视眈眈地等待着，随时准备抓到某个把柄，好让自己的愤怒有发泄的理由，或是不失时机地让她难堪。最后，整个房间变得一尘不染，就好像被海浪冲刷干净的礁石。利耶贝里帮忙拎起行李箱，放进货车后备箱。“上来吧，小巫婆！”他开玩笑地招呼道，“现在灰姑娘要去城堡喽！”他转动钥匙，发动机轰鸣起来，杂货店老板嚷嚷着：“向艾梅林小姐问好！告诉她我刚进了兔肉，刚宰杀的，新鲜着呢！特别适合她……”村里的孩子追着货车跑了一段，尖叫着，攒了雪球往后备箱上砸。

“这样就对了，”利耶贝里边说，边冲卡特丽笑了笑，“进入一个新世界，大家总该有所热情表示吧。”

西尔维娅是安娜打小认识的朋友，就住在城里。安娜给她打了个电话，其实除了她，安娜也不知道自己还能给谁打电话。

“我们都有好久没联系了。”西尔维娅用悦耳的嗓音说道，“你在大森林里住得还好吗？”

“好，都挺好……”安娜的呼吸急促起来，他们就快要到了，搬家的卡车随时可能出现。她急着把最近发生的一切一股脑儿说出来，关于卡特丽，关于马茨，关于狗，她说得颠三倒四，前言不搭后语……一切都变了，都变了……

“这么说来，你家收了两名房客啊？”西尔维娅问，“你真没必要这么做。我是说，你自己一个人过得也挺好，不是吗？对了，你最近创作了什么新的小故事吗？”

对安娜来说，西尔维娅对自己工作所表现出的兴趣从来都是支持她的动力，但现在例外。安娜近乎刻薄地回答说，自己冬天从不工作，西尔维娅属于明知故问。当话题转移到卡特丽身上时，安娜忍不住透过门廊的窗户向岔路上张望。

“我的老天，”西尔维娅顿了顿，说道，“你听起来慌慌张张的。你还好吧？”

“嗯嗯，我还好……”

安娜的朋友于是说起自己的近况，包括自己对公寓进行的各种改造，还有最新组织的文化沙龙，活动日期就定在每周三。安娜应该来参加，哪怕过来和大家认识认识也好。她一直宅在家里不走动，总不是件好事。守寡这么多年，西尔维娅太清楚这一点了。“太过孤独，会让人胡思乱想……”

“可我不孤独啊！”安娜忍不住反驳道，“我要和你说的就是这个！知道吧，我们家马上就有四口人了，当然，狗不能算一口人……”利耶贝里的货车已经停在了岔路口。“他们到了，”安娜压低嗓门说，“我得挂了……”

“好吧，那我们再联系。你自己多保重，考虑清楚了再做决定。房客的事，还是谨慎一些比较好，毕竟烂房客的糟心事，我可是没少听。别忘了，等你有空的时候，一定来我家看看。”

“好，好，一定……拜拜，我真的得挂了，拜拜……”

“拜拜，小安娜。”

他们现在正沿着岔路往上走。安娜紧紧贴在窗玻璃上，看着他们一点点逼近，一颗心怦怦直跳，恨不得拔脚就逃。太蠢了，她干吗要这么做……她一直都很喜欢、很敬重西尔维娅，可她刚才却凶巴巴的，一点也不客气，甚至提高了嗓门，一副不耐烦的口吻，亏得西尔维娅还一直耐心体贴，关心她工作的事……打这通电话就是个错误。可是她又必须找一个绝对信得过的人聊聊，她希望对方能仔细倾听，问问其中的详情，没准再附和两句：“这听起来真不错！”或是：“亲爱的安娜，多么令人振奋的决定！你非常清楚自己想要什么，而且行动力超强——放手去干吧！”

马茨和安娜顺着楼梯来到二楼。他说：“艾梅林小姐，你能相信吗，我还从没有过自己的房间。”

“是吗？这还挺怪的。我现在是这么考虑的，如果卡特丽住那间粉色的客房，你就可以住蓝色的那间。当时那种色调还挺流行的。”

他们站在门口，往里看了看，马茨一言不发。

最后安娜忍不住问：“怎么，你不喜欢吗？”

“这房间漂亮极了。不过，艾梅林小姐，它太大了。”

“太大了？怎么会呢？”

“我是说，一个人住在里面太大了。我不习惯住这么大的房间。”

安娜有些为难。她解释说，家里没有比这更小的房间了。

“你确定吗？建造这么大一个房子的时候，难免会留下一些小的疏漏。比如哪里的计算出了错，导致阁楼里多出了一块空间之类的。”

安娜仔细想了想，然后说道：“我们有个用人房。不过里面堆满了杂物，而且里面一直都非常冷。”

他们一起来到用人房，里面的确非常冷。家具、摆设、各种杂七杂八的东西堆满了各个角落。冬日的阳光透过狭长房间尽头的窗户远远照射进来，勾勒出毫无章法的轮廓。

“这间看着不错，”马茨说，“相当不错。我能把这些东西挪到别的地方吗？”

“这我说不好……你真的确定，你会喜欢住在这儿吗？”

“完全确定。可我要把这些东西堆到哪儿去呢？”

“随便吧，哪儿都行……我要回去歇一会儿了。”安娜被用人房吓到了，那种无言的恐惧和悲观情绪瞬间将她吞噬。哪怕走出了很远，她还能感到那个房间在紧追不舍。她脑海中浮现出很久以前的画面，那时，女佣贝达还很年轻，她一直都住在楼上这个略显阴森恐怖的房间里。后来，贝达年纪大了，渐渐变得疲倦而贪睡，一有空就要躲进房间休息，她总是拉过毯子盖在身上，一翻身就能睡着。太可怕了，安娜想，每次大人出门，都要把我送到这儿来让贝达看着我，可每次来的时候，她都在睡觉。后来她怎么样了？是搬出去了，还是生病了……我不记得了。还有那些家具，以前都是放在哪儿的，我一点也想不起来了，但肯定是用过的，而且还很重要……至少在某一段时间，对某个人来说很重要……

安娜躺在床上，看着天花板。吊灯的周围装饰着一条玫瑰花枝造型的石膏线，在卧室上方整个绕了一圈。她竖起耳朵聆听着。楼上传来挪动重物的声响，以及来来回回的脚步声。然后一切归于沉寂。

但没过多久，又是一阵物体拖拽的响动，楼上的每样东西都被换了位置，那些曾静置于安娜·艾梅林卧室上方的过往，仿佛遥远的苍穹般不受打扰，如今却被迫发生了剧烈的变化。不管怎么说吧，安娜自我安慰，每个人都有自己的想法。现在我要睡了。她将被子盖住脑袋，却怎么都睡不着。

“那些东西都上哪儿去了？家里哪有地方能放得下？”

“家里是没地方，”卡特丽说，“一部分东西，我们就直接拖出海了。剩下的让利耶贝里拉去城里的拍卖市场，如果卖得出去，他会把钱都给你的。不过估计价格不会太高。”

“克林小姐，”安娜说，“你确定这么做不会太独断专行吗？”

“可能吧，”卡特丽说，“但你冷静下来仔细想想，艾梅林小姐，假设我们把所有这些乱七八糟的东西，一样一样交给你过目，全部由你决定哪些需要留下，哪些需要扔掉，哪些可以卖掉，你不会感到头疼吗？现在一切都处理妥当了，不是很好吗？”

安娜沉默了。最后她说：“或许你的处理方式很好。但你这么做，还是太独断专行了。”

遥远的海面上，厚厚的冰层上躺着一堆黑色的杂物，仿佛一座纪念碑，代表着她已经无力保护爸爸妈妈曾经留下的财产。安娜想，随着冰层的消融，这些东西就会这么沉下去，一直一直地沉下去，然后消失不见，这种做法是多么简单粗暴。我要把这事告诉西尔维娅。后来她又想，或许这些东西不会沉下去，至少不会全部都沉下去。或许其中一些会漂流到另一处海滩，被其他人发现，并且追问它们的来历以及漂流的原因。无论如何，这都不是安娜的错。

13

兔子屋又回归了寂静。马茨和姐姐一样，走到哪里都不发出一点声响，以至于安娜从来都不能肯定他是否在家。有时候，他俩在门口碰到了，马茨会停下脚步，保持特有的站姿等待片刻冲她微微笑一笑，然后点点头，再继续往前走。安娜能感觉到，马茨身上有着和卡特丽相似的羞怯，所以碰面的时候，她也不会主动说话，甚至避免客套的寒暄，以免尴尬。他们常常在走廊里擦肩而过，然后各走各的。只有在看书的时候，安娜和马茨才会凑在一起，除此之外，他们都活在各自的世界里。偶尔有几次，安娜听见房子的某个角落传来敲敲打打的声音，但她从没去看过。在船坞干活的时候，马茨也总是默默无闻，当然，他自己也不会主动向别人炫耀手头的工作，顶多只是到处转转，看看哪里需要搭把手，然后埋头修理修理。兔子屋的不少地方都已经显露出颓势，有些生了锈，有些发了霉，有些破了角，虽然不算太多，但看着不免让这幢老房子也有些寒碜。一段时间后，安娜开始留意到，原本嘎吱嘎吱的门安静了下来，打不开的窗又活泛了起来，一盏熄灭已久的灯重新亮了起来。这些微小的贴心之举让她又惊又喜。惊喜，安娜想，我可太喜欢惊喜了。我小的时候，一到复活节，父母总是将彩蛋藏在屋子的各个角落，有画着花纹的，有粘着羽毛的……等我走进屋之后，就东翻翻，西找找，爸爸妈妈还在藏蛋的地方贴了黄色绒线作为线索……

晚上坐在厨房喝茶的时候，安娜试探着对马茨表示感谢，但她很快意识到，这么做只会让他感觉别扭。于是她没有再说什么，两个人埋头看着自己的书，就像什么都没发生过一样。

在这段时间内，安娜开始重新审视自己的时间安排，反思那些一直拖延着没处理的事情。她因此感到前所未有的不安。她开始越发频繁地检视自己每天的行为，并且为自己浑浑噩噩度日而感到羞愧。独居的这些年里，安娜从没想过，自己在睡觉上浪费了多少时间。她喜欢感受睡意越发强烈的过程，仿佛就像越发浓重的雾气，或是越发朦胧的大雪一般将人包裹其中。她总是会反反复复读同一个句子，直到眼前逐渐模糊，最终漆黑一片。等睡到自然醒，她很容易就找到上次结束的部分，然后继续读下去，漫长的间隔就好像几秒钟一样短暂。现在，虽然安娜很清楚地意识到，自己就要去睡觉了，而且会睡很久，不用担心别人打扰，可简简单单打个盹的愿望，却突然变得难以实现。她会突然一下惊醒过来，睁大眼睛，下意识抓起手边的书，聆听声响。屋子里安静极了，只有楼上传来刻意放轻的脚步声。

安娜·艾梅林不再早早上床睡觉，在这个黑夜特别漫长，又提不起精神做其他工作的季节里，尽量保持规律的作息反而更加贴近自然。她努力保持着清醒，在屋子里走来走去，发出各种动静，好让楼上的人意识到，自己已经不是那个慵懒怠惰的安娜。最后，她好容易熬到可以上床睡觉的时候，却怎么都睡不着了。她躺在床上侧耳倾听，屋子里弥漫着一种陌生而新鲜的神秘氛围，充满了若有若无的微弱声响，就好像有人在遥遥地吐露着某个重要的秘密，而她只能偶尔捕捉到一两个词，听不清整个对话的内容。

一天晚上，安娜迟迟无法入睡，整个人陷入焦躁的愤怒之中。她索性披上睡袍，穿上拖鞋，趿拉着走进厨房，想要倒杯果汁，再吃个三明治。狗就蹲在厨房的门口，用一双黄色的眼睛打量着她。这只身形庞大的动物仿佛雕塑一般静止不动，只有眼珠子在滴溜溜转。“少管闲事。”安娜压低嗓门说了一句，然后从它身边绕了过去。冰箱里的东西都被重新归置过，每样食物都包裹得严严实实，从外面根本认不出来。整个厨房也完全变了个模样，要说究竟哪里不一样了，安娜一时也说不出来，但就是感觉，这已经不是她原来的厨房了。以前独居的时候，晚上要是饿了，她会从水槽边拿起一罐豌豆罐头，打开罐盖，拿了勺子冷着吃，一边吃一边端详后院漆黑的夜幕。然后她会舀上一勺果酱，吃完后心满意足地回床上继续睡觉。现在一切都变了。就连喝杯果汁，她都匆匆忙忙的，内心充满了焦虑，就好像在做什么见不得人的事一样。她心急火燎地把果汁往玻璃杯里倒，完全没注意浓稠的红色液体已经漫溢出来，流进了水槽。不出所料，卡特丽又出现了。她像往常一样，悄无声息地进了厨房，站在一旁静静看安娜如何收场。

“我就是想喝杯果汁。”安娜解释道。

卡特丽说：“稍等，我把这儿清理干净。”她拿过一块抹布，吸掉红色的汁水，然后又去水槽里拧干。

“你放着好了，”安娜忍不住说，“我就是口渴，喝点水就行。就喝水好了！”她拧开水壶，因为用力过猛，几滴水溅到了地板上。

卡特丽说：“晚上临睡前，你在床边放一杯水，岂不更方便？”

“不用了，”安娜说，“我不需要方便。”

“这样你就不用跑一趟厨房了。”

“克林小姐，”安娜答道，“我应该和你说过，我爸爸从不请用人去拿报纸，他更愿意自己来。每天早上，他都亲自去杂货店拿了报纸回来，然后第一个读完。那块抹布，你直接扔进垃圾桶就好了。”安娜在餐桌边坐下，重复道，“扔了，直接扔掉。不需要的东西就扔掉。”

“艾梅林小姐，我们住楼上，吵到你了吗？”

“没有这回事。你们做事都是轻手轻脚的，我几乎什么都听不见。”

卡特丽站在水槽旁边，习惯性地从口袋里掏出香烟，突然意识到不妥，于是又把烟盒塞回了口袋。

“无所谓。”安娜不耐烦地说，“你抽好了。爸爸经常抽烟。”

卡特丽点上了烟，然后慢条斯理地开了口：“艾梅林小姐，就这整件事，我们不妨这么看：我们之间算是达成了某种协议，你可以纯粹把它当成一笔交易。诚然，马茨和我从这笔交易中获益良多，但静下心来仔细想想，其实你也得到不少好处。可以说，这是一笔以物易物、互惠互利的交易。我们提供一些服务，而你用部分利益作为交换。我也知道其中存在弊端，但还有改善和妥协的空间嘛。如果是自愿签署的契约，双方就都应该遵照执行。我们就不能把它当作一份写明权利和义务的契约吗？”

“互惠互利的交易。”安娜一字一顿地重复了一遍，抬起眼皮，盯着天花板。

“一份契约，”卡特丽郑重地说道，“契约的重要性远比你以为的要强大。它不仅只起到约束、限制的作用，就我的观察，在签署契约之后，很多人反而轻松了许多。换言之，契约将人们从未知和迷茫中解救了出来。只要双方达成一致，写明义务和权利，也就不需要再纠结任何选择。不妨这么说吧，为了达到公平的目的，人们经过深思熟虑，达成契约是必然也是唯一的结果。”

“你说的也有道理。”安娜说，“你一直在极力追求公平。”她搭在桌上的胳膊尽量往前伸着，好让后背得到舒缓。她感到睡意正一点点袭来。

“公平，”卡特丽说，“没有人敢百分百确定，自己受到了绝对公平和诚实的对待。但只要我们坚持不懈地去努力……”

“你又在说教了，”安娜打断了她的话头，站起身来，“你对一切看得都这么透彻。亲爱的克林小姐，可你知道吗？人们费尽心思地做出安排，这儿也考虑到了，那儿也顾及到了，结果还是露出马脚。”

卡特丽笑了起来。

“我妈妈经常这么说，”安娜解释道，“每次她听够了别人的解释，就会丢出这么一句话。现在我得回去睡觉了。”走到卧室门口的时候，她突然转过身说，“克林小姐，有件事我想问你：你从没和别人急过眼吗？也从没草率地说过话？”

“我当然和别人急过眼，”卡特丽说，“但草率的话应该是没说过。

安娜·艾梅林渐渐习惯了兔子屋的这种状态：家里始终有人，却听不见声响。她这一辈子，学会了习惯很多事情，习惯到最后她已经有些麻木。现在她又这样做了一遍。没过多久，她已经听不见楼上传来的脚步声了。能引起她注意的响动就只有风声、雨声，以及客厅里挂钟的嘀嗒声。安娜唯一不习惯的，就是那条狗的存在。每次绕着走不说，经过它身边的时候，安娜还会压低嗓门说两句话，说的都是不得不说，又无关痛痒的内容。安娜还给狗起了个名字，因为没有名字的东西在她看来，总有种飘忽不定的感觉。为了消除内心的恐惧，安娜私下叫这只狗泰迪。安娜很清楚，卡特丽对狗训练有素，也不喜欢别人干涉，所以她偷偷扔些食物喂它，绝不是出于好心。“吃吧，小泰迪，”安娜小声吩咐，“趁她还没来，赶紧吃……”不过有的时候，那双警惕的黄色眼睛看得她毛骨悚然，她会冲着狗低吼一句：“趴着别动，你这个大怪兽。”

14

“西尔维娅？”安娜对着话筒大声喊道，“你在吗？我给你打了好多次电话，可你都没接……我吵到你了吗？你那儿有客人？”

“就是我的几个客人，”西尔维娅说，“你知道的，今天是周三嘛。”

“周三怎么了……”

“文化沙龙活动啊。”西尔维娅一字一顿地说。

“哦哦对，当然了……那我晚些再打给你吧？”

“什么时候都行啊，听到你的声音，总觉得心里暖暖的。”

“西尔维娅，你不能过来吗？我是说，你不能过来看看我吗……”

“当然可以，”西尔维娅说，“这不是一直不凑巧嘛——不过我们两个的确应该约着见一面，聊聊过去的事。再看吧。我们下次电话里说，好吗？”

挂断电话后，安娜在原地愣了许久，目光空洞地投向窗外，内心涌起无尽的悲凉和失落。她是那么钦佩西尔维娅，可两人能见面的次数屈指可数。那些本该珍藏心底的秘密，她都对西尔维娅和盘托出。只有和西尔维娅在一起，安娜才能畅所欲言，毫无保留，自傲和自卑的情绪交织在一起，连同多年以来她对西尔维娅建立起的信任，堆积成一座大山，堵在她的胸口。

我不该打这通电话的，安娜心想。可这世界上，只有她才了解我。

15

埃米尔·胡斯霍尔姆在距离冰钓几百米远的地方，搭了个简易的棚屋，有时他和妻子一起前去查看渔网里的收获，有时和马茨一起。收网和布网的工作总是由他亲自操办，陪他去的那个人只负责在后面收线放线。冰钓的捕获并不丰盛，大多数时候都只有一两条鳕鱼，勉强够维持生计。一天，他和马茨一起过去，当时风雪交加，但气温不低。埃米尔将前一晚棚屋周围结的冰都敲碎了，然后让马茨铲除干净。

“来，”埃米尔说，“今天我要给你一个小小的惊喜。这次你负责收网，我在后面收线。你肯定没问题的。”见马茨一脸迷茫，埃米尔继续道，“这么久了，你应该学会收网了吧。反正对你来说，被人信任的感觉应该还是不错的吧。”

马茨慢慢才意识到，这是一种侮辱，而埃米

尔的故作幽默和轻松，让侮辱变得更为尖锐。埃米尔·胡斯霍尔姆深一脚浅一脚地走到渔网的另一端，整个身影几乎被风雪所吞噬。他摇摇晃晃地站在那里等了许久，最后忍不住大声喊道："拉啊！你不至于连渔网都拽不动吧！"

马茨胸中的怒火噌地一下冒了起来。那种罕见的愤怒，只有卡特丽才领教过。他紧紧攥着渔网的边缘，感受到沉甸甸的重量，但始终站在原地一动不动。怒火还在不断燃烧着，膨胀着。

怎么回事？埃米尔的耐心彻底耗尽，他提高了嗓门："拉啊！你该不是个傻子吧！"

马茨掏出小刀，利索地割断绳子，渔网慢悠悠地沉了下去，很快消失在冰面之下。他转过身，朝着岸边走去，经过船坞，沿着岔路一直上了山，然后一头扎进兔子屋后的那片森林。积雪已经开始消融，每迈一步，他都会踩出一个深深的鞋印。雪越发松软和黏稠，他狠狠一脚下去，靴子完全陷进了雪泥之中，再抬起腿时只剩下了袜子。马茨骂骂咧咧，用小刀朝树干上狠狠划去，留下一道道难以消弭的刻痕。

在门厅的时候，马茨碰到了安娜。他稍停了一下，微微欠了欠身，用惯常的方式表示了敬意。安娜也以同样的方式给予了回应。马茨正要继续往前走，安娜突然说了一句："城里寄来了不少新书。"

渔网的事情引发了不少争论。埃米尔·胡斯霍尔姆说："那小子疯了。他人是不错，但性格太偏执。这事本来挺简单的，我想让他收网试试看，男孩子嘛，看到有鱼捕捞上来总归是高兴的。可他一直站在那儿生闷气。我看不过去，就冲他吼了两句，结果就出了乱子。"

"真不知道你哪儿来的胆子，让他在船坞里干活。"松德布卢姆夫人嘟囔了一句。杂货店老板插嘴说："总有一天，那个瘦麻秆一样的小子能把整条船都毁了。骨子里的坏是改不了的，不承认也没用。"

"你们也别多说了，"爱德华·利耶贝里忍不住说道，"马茨有自己做事的方式，至少他对待船只非常呵护，也很上心，看得出来他真的很喜欢。无论分配给他怎样的工作，他都能尽职尽责地完成，虽然有时候动作会慢一些，但应付一些琐碎的活还是没问题的。能麻烦给我一杯啤酒吗？"

"反正不管怎么说吧，"松德布卢姆夫人说，"他们姐弟俩都心术不正。我当然不会说什么，不过总有一天……真不知道你怎么敢的！"

"没什么敢不敢的，"利耶贝里说，"我相信那孩子,也相信他姐姐。当然了,她可能性格不够随和,也不好打交道,可毕竟她将弟弟一手拉扯大。她挺有勇气的,也从不骗人。还有什么好说的呢?”

“对,对,她是有自己的一套,”松德布卢姆夫人说,“反正现在他们是得逞了。艾梅林小姐就算想轰也轰不走了。”

“闭嘴吧,你个八婆。”利耶贝里忍不住破口大骂。一旁的弟弟赶紧拽了拽他的胳膊,松德布卢姆夫人霍地从桌子旁站起身,咖啡都碰洒了。

“瞧见没,”爱德华·利耶贝里说,“谁都有脾气,谁都有失态的时候。但脾气大总比心眼坏要好。我就把话放在这儿,也不怕各位传出去。克林一家都是诚实正直的人,他们做事不会无缘无故,虽然背后的原因,我们也不一定能理解。”

说完,他就走出了杂货店。

16

“克林小姐，我知道，你是出于体贴的原因，才替我拆包裹的。但我有一点点小私心，或许你会觉得幼稚。但我的确非常享受撕开信封那一刹那的感觉。就好像打开一本新的书，或是剥开橙子的皮一样。如果拆封的人不是我，一切就变了味了。”

卡特丽打量着安娜，眉头紧锁，乍一看仿佛在眼睛上方绷紧成一条直线。“我能理解，”她说，“但我之所以拆包裹，就是想看看有没有需要扔掉的东西。”

“我说亲爱的克林小姐。”安娜忍不住说。

“就是一些你根本不需要花心思去理会的东西，广告啦，乞讨的信啦，反正没安好心，不是骗你的钱，就是骗你的人。”

“可你怎么知道他们没安好心？”

“我当然知道。我一眼就能认出来。那种行骗的臭味，老远就能闻到。所有这些东西都应该进垃圾桶。”

安娜沉默了半晌，最后指出说，她的贴心举动未免有些越界。很遗憾，这次的损失已经无法挽回，以后的话，卡特丽可以把这些没用的信件暂放一边，等她以后处理。

“暂放一边，放哪儿呢？”

“比如阁楼里找个地方……”

“好。”卡特丽说完，笑了一下，“阁楼里找个地方。这是杂货店寄来的账单，我已经都核对过了。他在有计划地骗你。虽然金额不大，这儿五十盆尼，那儿一马克的，但他的确多收了你的钱。”

“杂货店老板？不可能吧。”安娜毫无兴趣地扫了一眼账单，上面蓝墨水的字迹已经洇得有些模糊。她将账单推到一旁，说：“你这么一说我倒是想起来了。上次你就说过他那个人不地道，故意卖给我牛肝什么的。这儿五十盆尼，那儿一马克……话说回来，他干吗要动这个脑筋呢？”

“艾梅林小姐，这事非同小可。我很肯定他骗了你。而且是故意的。很可能打从一开始就骗起了你。钱越骗越多。”

“他这么坏的吗？”安娜不可置信地问，“他平时看着很亲切啊，彬彬有礼的……”

“人不止有一面。”

“可杂货店老板干吗要针对我呢？”安娜用一种无辜而错愕的口吻问道，“我应该不招人恨吧……”

卡特丽坚持刚才的话题：“还是说回账单的事吧。相信我，这账单上的数字对不上。我可以算给你看，很快的。这事，我们一定得搞清楚。”

“为什么呢？有这个必要吗？你该不是想要惩罚他吧？”

卡特丽的回答很干脆，她说，惩罚不惩罚的，安娜自己看着办。但事情的原委还是应该理清楚。

“好吧，好吧。”安娜无奈地说，“要操心的事可真多。”然后她又像找补似的加了一句，“不是这儿出岔子，就是那儿出问题……是吧……？”

安娜·艾梅林坐在书桌边回复孩子们的来信。她将来信分成三摞。第一摞是年龄很小的孩子寄来的，他们用笔法稚嫩的图画表达了对安娜的喜爱和崇拜，画的大多是兔子，要是有文字的话，一定是他们的妈妈代笔的；第二摞是愿望和请求，通常比较着急，特别是有关生日祝福之类的；第三摞，安娜称之为遗憾和惋惜类，回信时需要深思熟虑，慎之又慎。不过三摞来信里，都有读者好奇，为何她笔下的兔子是花花的。对于这个问题，安娜有很多种解释，通常随便说个一两句就蒙混过关了。可是，今天安娜·艾梅林找不出任何一条理由，诗意的感慨也好，理想化的升华也罢，甚至连幽默的玩笑话都想不出来。花花元素和兔子突然变成了毫不相干的两个元素，单调蠢笨，没有魅力可言。最后她只能靠画兔子来充数，每封信里都画了一只，兔子身上依然是花花的。不过左思右想，安娜也琢磨不出再添些什么了。她等了又等，最后都替自己觉得累，恼怒之下，她干脆把三摞信全都用橡皮筋捆在了一起，一股脑儿拿去给卡特丽。

粉色的客房还是原来的模样，但让人感觉陌生。或许是更显空旷的缘故。窗户开了条缝，房间里冷极了，弥漫着一股酸涩的烟味。卡特丽坐在椅子上，用钩针编织着什么。见安娜来了，她赶紧放下手头的活计，站起身。

“你住这儿还习惯吗？”安娜冷不丁问了一句。

“嗯，挺好的。”

安娜朝着窗户走了几步，打了个哆嗦，然后转过身，站在地板中央，手里拿着一捆信。

“要我把窗户关了吗？”

“不用，克林小姐，你上次提到签署契约的事……规定双方的权利义务之类的，你看看这个。”安娜说完，将信放在桌上，“孩子们提的问题五花八门。回答他们的问题，算是我的义务吗？那我在其中又有什么权利呢？”

“那你就别回答好了。”卡特丽说。

“这我办不到。”

“可你和他们又没约定什么。”

“约定？什么意思……”

“我指的是承诺，你又没向他们承诺过什么。你应该给每个孩子都只回过一封信，对吧。你在信里又没承诺什么。”

“话是这么说，可是……”

“你的意思是，有些孩子，你还回了不止一封信？”

“那能怎么办？他们不停写信给我，把我当朋友看待……”

“那这就属于承诺了。”卡特丽走过去关上了窗。“你在发抖。”她说，“艾梅林小姐，快坐下，我给你拿条毯子过来。”

“我不要毯子。我也没许过任何承诺，我不知道你这话什么意思。”

“可这件事，你要这么看：你手头已经处理了部分来信，也就是说，你有义务这么做，对吧。既然是你的义务，那你只能尽力做好。”

安娜在房间中央站了一会儿，开始断断续续地吹起了口哨，她吹得几乎不成调，倒不如说是牙缝里丝丝透的风。她突然生气地问：“那是什么？”

“我在织床罩。”

“是啊，不然呢，全村都在织这些玩意儿。我倒是很好奇，这村里总共有多少张床……”

卡特丽继续说道：“契约必须建立在公平的前提下……”安娜打断她的话：“这话你以前说过，双方互惠互利嘛。但这和写信给我的这些孩子有什么关系，我又能得到什么好处？”

“新的稿约。知名度。”

“克林小姐，”安娜提高嗓门说，“我已经够知名的了。”

“要么就是友谊。如果你渴望友谊，又有时间经营的话，当然也不错。”

安娜将散落的信拢在一起，说道：“我想和你说的根本不是这个。”

卡特丽说：“放这儿好了。我来看看。等读完这些信，说不定我就能搞明白是怎么回事了。”

那天晚上，她们面对面坐在客厅里，卡特丽解释道：“我不觉得这事处理起来有多麻烦。孩子们想问的问题，想说的话，想满足的愿望，差不多都是同一回事。你可以准备一个模板，写好的一段话，然后多复印几份。非要体现出区别的话，你可以在后面多加几句，当然还要附上你的亲笔签名。”

“而且你也可以替我签。”安娜很快接了一句。

“对，这样可以帮你省很多时间。或者你把签名做成印章也行。”

安娜坐直了身体。“复印件？模板？这不是我的风格。万一写信的是同一个家庭里的兄弟姐妹，或者同一个学校班级里的孩子，大家拿到了回信互相比较怎么办？我又不可能仔细核对所有姓名地址什么的……”

“索引卡片可以解决这些问题。要是来信越来越多的话，你还可以考虑请个秘书。”

“秘书！”安娜重复道，“秘书！你倒是挺能想的，克林小姐！真有这么个人的话，你要她如何回复遗憾和惋惜类的来信——你现在把三摞都混在一起了，本来应该是分开的……现在我不知道哪一封归在哪一类了……就好比说‘亲爱的艾梅林小姐，我要拿我的父母怎么办？’，或者，‘为什么请了所有人，单单没请我？’，对于诸如此类的来信，你指望一个秘书能怎么回复……他们想要问的人是我，不是别人，再说了，他们各有各的烦恼，各有各的不幸，回信当然不可能千篇一律！”

“话先别说死，”卡特丽干巴巴地回答道，“艾梅林小姐，我把这些信仔仔细细看了一遍，根据我的总结，你所谓的三类来信都有一个共同的目的：渴望得到些什么，比如安慰吧，而且总是时间紧迫，一副急吼吼的模样。老实说，在我看来，这些信未免都有敲诈勒索的嫌疑。不，你先别说话。这些信写得粗糙不堪，词语拼写漏洞百出，所以你总感觉心里有所亏欠。但你要知道，他们会不断学习，不断进步的。等他们长大成人后，也会熟练地写一些完美无缺，但废话连篇的广告传单之类的，你都懒得去看了。”

“我知道，你都扔到外面去了。”

“没有啊。你不记得了吗？你让我先放着。在阁楼里找个地方？”

片刻的沉默后，安娜用颇具威胁意味的口吻说，无论怎样，都不该欺骗孩子。她靠在椅背上，又一次从牙缝里吹起了口哨。卡特丽站起身，开了灯，然后说：“你之所以这么敏感，这么在意，无非因为他们年纪还小，但形式其实是最不重要的。这么多年以来，我了解了一件事，其实每个人无论年龄背景如何，本质都大同小异。他们都渴望索取，这是与生俱来的欲望。当然了，随着年龄的增加，他们索取的技巧也会日臻成熟，但他们追求的目标始终没变。给你写信的这些孩子，还没来得及学会成人世界里的套路，所以才会表现得天真无邪。”

安娜措辞严厉地反问道：“那马茨想要什么呢？你能诚实说出来吗？！”没等卡特丽回答，她又继续道，“我不想和你讨论这些。孩子们问我，为什么把兔子画成花花的，你说我该怎么答？”

“就说这是个秘密。他们没必要知道。”

“没错。”安娜说，“确实如此。你今晚说了这么多话，就这一句还像样。他们没必要知道，我也没必要回答。就这样！”

17

安娜·艾梅林会定期从城里的书店订一大批书。书店老板有时给她寄过去，有时请利耶贝里带过去。她订的都是些探险类的书籍，关于地球上的五湖四海，甚至包括一些尚未开发、尚未探查到的地区，探险家们凭借好奇和勇气，向着地图上一个个盲区前进，然后添上浓墨重彩的一笔。有些时候，书店老板还会顺便寄一些经典名著和儿童读物过来。不过这么多年以来，艾梅林老小姐的阅读偏好从没变过。正是因为这些书籍，安娜和马茨之间构建起坚不可摧的牢固友谊。书店寄来的包裹通常都是褐色封皮的，用黄色字迹标明地址。卡特丽从不会拆开，每次都是原封不动地放在餐桌上。到傍晚的时候，安娜和马茨会一起打开包裹，安娜总是让马茨先挑，而他也总会挑一本关于大海的书。等读完之后，他会把书给安娜读，等安娜读完后，两个人再坐下来交流读书心得。马茨先说，安娜再说，这已经形成默认的惯例。至于自己的私事或身边发生的八卦，安娜和马茨从不关心。他们谈论的话题总是围绕书中的内容展开，关于书中的主人公如何生活在一个自由而公平的世界之中。至于船只，虽然在书中多有提及，但马茨从来闭口不谈。

那些堆放在阁楼某个角落的来信，安娜试图将它们忘掉，可深夜时分，它们总会惊扰她的睡梦。她梦见自己将未读的信件统统扔到冰面上，旁边就是废弃的黑压压的家具。曾被她视若珍宝的读者来信，如今被粗暴地丢弃。她踩在信上，仿佛践踏着陌生人所给予的信任、所发出的祈求，还有他们心怀鬼胎的提议。她一扬手，信纸在狂风中四散飞去，漫无目的地飘向远方，空中那一张张翻飞的信纸，仿佛在哀哀地责备，在诉苦。安娜猛然惊醒过来，霍地坐起身，内心歉疚不已，不知不觉间已经出了一身的冷汗。她走进厨房，这是整幢兔子屋里最让人安心的地方。餐桌上散落着她订的书，封面上绚丽的色彩和奇幻的冒险相得益彰。厨房里弥漫着淡淡的书香。安娜一本接一本地拿起来，将它们贴着脸颊，贪婪地呼吸着，那是新书特有的、转瞬即逝的油墨味。她轻轻翻动纸页，发出沙沙的响动，其中那些描绘风暴的插图，隐隐透出摄人心魄的力量，或许在一般人眼里，插画家大胆的想象不免匪夷所思，而她却非常能够理解。在安娜看来，这些插画家未必经历过真正的暴风雨，也应该没有过在丛林迷失方向的经历。她思忖着，原因就在这里。插画家之所以将画面描绘得极尽恐怖和可怕，是因为他们一无所知。我猜，儒勒·凡尔纳或许从没出过远门……我自己也为绘本画插画，但我不需要展开无边无际的幻想。安娜一页页翻看过去，仔细研究着每幅插画的细节，心情也渐渐平复下来。

书店寄来的账单还放在桌子上。安娜将它对折，对折，再对折，折成豆腐块大小，然后紧紧攥在手心，发誓绝不打开看一眼。她几乎可以肯定，这些年以来，她订了这么多的书，付了这么多份账单，书店多多少少也骗过她的钱。

在埃米尔·胡斯霍尔姆的渔网事件后，马茨不再去村里帮忙了，不过仍然照常在利耶贝里的船坞里做事。在船坞干活的时候，大家聊的话题只有一个，那就是船。收工回家后，马茨就开始在图纸上设计属于自己的船。他所在的房间，和家里其他房间一样，曾经也被刷成了蓝色。但现在随着颜色渐渐褪去，那种模糊的色调，倒让人联想到逐渐凋零的蓝铃花。房间窄仄狭小，由于是斜屋顶，天花板和墙壁之间形成了明显的夹角。常年的潮湿洇出斑驳的霉点，在马茨眼里，自己仿佛置身于飘浮着朵朵乌云的天空之下。他非常幸福。房间里没有一样多余的东西。窗户虽然小，但一眼望出去就能看见森林。古老而高耸的云杉盈满了窗格，仿佛一堵覆盖积雪的暗墙。他像在船坞时一样，享受着不受打扰的感觉。他的床上铺着卡特丽亲手钩织的床罩，虽然也是蓝色的，却是那种明朗的亮蓝色，仿佛信号灯似的。马茨总是一觉睡到天亮，一夜无梦，也不曾醒来一次。

卡特丽和弟弟见面的次数并不多，大部分情况都是一起吃饭。他们之间独有的默契和安静，如今已经不复存在，再没有机会付诸实践。到了晚上，卡特丽偶尔要在厨房里忙活点事情，马茨和安娜则对坐在餐桌边，各自读自己的书。卡特丽走过厨房的时候，他们会不约而同地停下来，但从不会主动问她，是否要坐下来喝杯茶什么的。

18

安娜非常恼火。她花了整整一天的时间，试图总结出一个回信的模板，一封完美的回信，能够答复、知会、安慰和满足所有的孩子。可她越是努力想要办好这件事，就越感到力不从心。

“你看看这个，”她说，“你看看，克林小姐！现在你可算知道，我说的是对的了吧？”

卡特丽读了安娜草拟的回信，然后说信里的内容有些含糊，而且并没有明确表示，他们之间的通信到此为止，以后对方也不会收到更多回信了。

“你现在知道，这个想法有多荒谬了吧？每个孩子都需要单独回复才行。”

“我明白。那就按你自己的意思来吧。”

安娜戴上眼镜，然后又摘下来，用布在镜片上擦了很久。她说：“我也不知道自己是怎么了，可我没法再给他们回信了。感觉不对。”

“可你给读者写回信，也写了好多年了吧？你不是作家嘛。”

“你知道什么！”安娜脱口而出，“文字都是出版社写的，我就负责画画，你知道吧，就是画画！你没看过吗？”

“没有。”卡特丽答道。她顿了顿，见安娜没有接过话头的意思，于是继续说道：“艾梅林小姐，我有个建议。你能分给我一部分来信，让我来回复他们吗？不管怎么说，先试试嘛。”

“你写不来的。”安娜爽快地拒绝了。然后她耸了耸肩，从餐桌边站起身，走开了。

卡特丽不仅能够轻易模仿签名，她在模仿别人说话的语气语调、遣词造句方面也颇为得心应手。这是她与生俱来的天赋，只不过长久弃之不用。她偶尔会模仿邻居的腔调来调侃马茨，可马茨并不买账。

“太明显了。”他说。

“怎么讲？”

“那种故意虚张声势的感觉，太明显了。”

卡特丽于是停止了这个并不好玩的游戏。但安娜收到的来信，让她的才赋重新有了施展的空间。只要掌握了技巧，模仿安娜的笔调并不困难。在面对一些琐碎的闲聊时，安娜的回复充满了忐忑不安和勉强的善意，在这些善意的外表下，仍能看出安娜对自我的专注和执着。至于安娜不懂拒绝的怯懦，卡特丽则没有照搬，她不会通过书信的方式，半推半就地默许友谊的继续。卡特丽委婉却坚决地向对方道别，只有那些天生愚笨，或是脑子一根筋的孩子，才读不出其中的意思。在读完卡特丽代笔的回信后，安娜有些不知所措。那些文字既像是出于她的手笔，又不像是她写的。她一封信一封信地翻看过去，仿佛在检视一幅幅扭曲的插画，最后她将所有的回信都堆在一旁，沉默良久。而卡特丽的一个特点是，她并不会因为沉默的僵持而有丝毫的不自在。她只是耐心等待着。最后，安娜再次拿起信件，粗粗翻了翻，然后瞪大了眼睛，直勾勾盯着卡特丽，说："这么做大错特错！你又不是我！如果一个孩子对父母感到生气，感到失望，说什么父母也有难处，父母也已经尽力了之类的鬼话，根本安慰不到他！这么说适得其反，反正我永远也不会这么写。身为父母，必须坚强，凡事考虑周全，不然凭什么取得孩子的信任！你得把这里改了。"

卡特丽的情绪突然激烈起来："这种本就不值得信任的父母，还要孩子信任多久呢？这么多年来，孩子们一直都在受到愚弄，相信一些根本就不值得信的东西。这些事实，他们越早认清越好，不然永远没法独立起来。”

“我的生活就很独立。”安娜尖锐地说，“而且我过得相当不错。你再看这儿，你说，所有的孩子迟早都会对父母失望，对父母生气，这是再正常不过的事。你真觉得，我写回信的话，会说这种话？”

“那倒不会，这是我的错误。这是我自己的想法，我没有以你的口吻在写。”

“你这种想法也很可怕。要是每一个孩子都会对父母失望，都会对父母生气，那独生子女呢？他们的怨气岂不是更大？”

“那肯定，”卡特丽说，“所以他们会选择抱团取暖。他们总是努力融入群体之中，尽量表现得和别人一致。这种统一性会给他们莫大的安慰。”

“有些孩子生来就是特立独行的！”

“是有这种可能性。越是另类的孩子，在人群中隐藏得就越深。他们非常清楚，一旦被贴上孤僻和另类的标签，会遭到怎样的孤立和打击。”

“还有这儿！”安娜继续道，“你这算是什么评价？他是想要画只兔子——对，没错，这孩子明显没什么天赋——但你完全可以写点好话，比如我会把他的画挂在写字台前的墙上之类的……他学会了滑雪。他养的猫叫托普斯。你要是把字写大一点，光滑雪和猫的事，就够写一页纸了。可这些素材，你根本都没用。”

“艾梅林小姐，”卡特丽说，“从某种意义上来说，你其实也很愤世嫉俗。你是如何掩饰得这么好的？”

安娜根本没在听，她将一只手放在信上，急切地解释道：“语气柔和一些！字写大一点！聊聊我自己养的猫，可写的很多，比如平时它喜欢做什么……”

“可你没养猫。”

“这无所谓。既然回信了，就应该让他们高兴，这才是最重要的……你得学着让他们高兴，至于能不能学会，我很怀疑。我觉得，你应该不喜欢他们吧。”

卡特丽耸了耸肩，大灰狼一般的微笑从脸上一闪而过。她说：“你也不见得喜欢啊。”

安娜涨红了脸，气急败坏地结束了这场谈话：“喜不喜欢的不重要，但他们只能信任我。我永远都不会背叛他们。现在我累了。”

哦，安娜·艾梅林，你唯一在乎的，就只有你的良心，这才是你最为珍视的。你是一个光鲜亮丽的骗子。一个孩子在来信中写："我爱你，等我攒了钱，我就要去看你，和你还有兔子们生活在一起。"你在回信里写："太好了，热烈欢迎。"这是彻头彻尾的谎言！这种出于病态的良心做出的承诺，既不算应允，也不算拒绝……这一点你没法隐藏，这么多年以来，你始终没有勇气说不，就是为了让良心好过一些，你幻想着每个人的本性都是善良的，只要付出足够的承诺和金钱，就能与之保持距离……对于何谓公平较量，你一无所知！你是一个难缠的对手。真相的揭露是一个硬碰硬的过程，就好比将钉子敲进坚硬的木板。可如果对方是一张松软的床垫，谁又能把钉子敲进去呢！

对安娜来说，不用再给孩子们写回信了，仿佛在她规律有序的生活中突然挖了一个大坑，日子从此变得轻飘飘、空荡荡的，一分一秒都很难熬。不过，对于卡特丽代笔的每封回信，她还是坚持在最后签上自己的名字，然后画一只兔子。一天，安娜累了，卡特丽犯下了错误。她替安娜签了名，还画了兔子。其实也就是蹲在草地上的一个背影，所以画起来并不困难。反正不管怎么说，卡特丽的笔法无拘无束，恣意放纵。安娜看了看这些兔子，一句话都没说，但她的目光比屋外的积雪还要冰冷。从此以后，卡特丽再没画过兔子。

安娜给西尔维娅打了好几次电话，但对方一次都没接。

19

碰到棘手的问题，人们还是会去找卡特丽征求意见，但这种情况已经极其少见。大家不喜欢因为自己的事专程跑兔子屋一趟，这样一来，隐私就变得过于显眼。按响门铃后，过来开门的虽然是卡特丽不假，但她身后一定会跟着艾梅林老小姐，并且她会像只受惊的小鸟一样探头探脑，想要知道来者的目的究竟为何，自己该不该准备咖啡，还是喝茶比较合适。这已经够让人尴尬的了，等好容易上楼进了卡特丽的房间，气氛会变得更加凝重和诡异，感觉就好像冒冒失失去找人算命一样。也就是从那段时间开始，村里的孩子会追着卡特丽喊巫婆，也不知他们是打哪儿听来的，小孩子嘛，打探消息的灵光程度就和狗鼻子一样。每当卡特丽经过时，他们会先沉默不语，等她一走远，就异口同声地大叫起来。

卡特丽走进杂货店，狗等在了门外，孩子们这才安静下来。

杂货店老板关切地问："兔子屋那边情况如何？"

"挺好的，多谢关心。"卡特丽答道。

"这么说来，艾梅林小姐身体也不错喽？老小姐写好遗嘱了没？"

杂货店里只有他们两个。卡特丽沿着货架仔细查找，然后问老板，有没有那种口感比较松软的面包片。

"没有。她连咬都咬不动了吗？是不是快不行了？"

卡特丽说："我警告你，说话小心点。"

可店老板丝毫没有就此罢休的意思，继续针锋相对地挑衅她："现在她买的东西，就算她自己咬不动，还有别人能咬动，对吧？"

卡特丽转过身，瞪圆了一双黄黄的眼睛，答道："你最好想清楚了再说。我一叫，狗就会过来。它要是咬住什么东西，可是从来都不松口的。"

卡特丽付过钱，和狗一起回了家。孩子们追在后面，继续重复着他们学来的谩骂。马茨从村里的路上过来，听见孩子们喊巫婆，猛然一下站住脚，脸色变得煞白。

“随他们去吧，”卡特丽说，“孩子嘛，什么都不懂。”

但她的弟弟并没有就此作罢，他张开手臂，做出擒拿的姿态，缓步向孩子们逼近。孩子们顿时噤了声，四散开来。

“随他们去吧，”卡特丽又说了一遍，“你自己留点神,别那么容易被激怒。没必要发脾气。任何人、任何事都打扰不到我。”

当天晚上，利耶贝里去了兔子屋，想找卡特丽聊聊自己和杂货店老板之间的一点小摩擦。他们两个上了楼，进了卡特丽的房间。

“是关于货车的事。”利耶贝里开门见山地说，“汽油钱一直是店老板付的，我买店里的东西，他也都会给折扣。但我还是觉得，自己的薪水有点低了。我向城里的司机打听过，他们比我挣得多。结果我把这话一提，店老板就说，如果我非要坚持涨薪水，他就另请高明。”

“村里还有其他人会开车吗？”

“有那么两三个。他们觉得开车这事挺好玩，所以要的钱也更少。”

“那你从店老板那儿拿到了多少折扣？他付你

的薪水有多少？”

利耶贝里掏出一张纸递给她。“上面是我实际到手的薪水，下面是我想要争取的数额。可他不同意。”

卡特丽说：“有件事你恐怕还不知道。汽油钱不是他付的。因为煤气罐定期要从码头运到灯塔，所以汽油的钱是村政府掏的。不过其实那段路，开车也就几分钟的事。还有，他帮邮局送信送包裹什么的，也能拿到一笔相当丰厚的报酬，况且有的时候，他还顺便夹带私货。反正他的话总是半真半假，一旦被戳破的话，他这些特权可就都没了。”

利耶贝里沉默了好一阵子，然后他试探地问，卡特丽为何了解得如此清楚。

“我帮杂货店做过账，做了好长一段时间。”

“真该死。”爱德华·利耶贝里说完，又陷入了沉默。最后他表示，杂货店老板的行为简直就是欺诈。这种丑陋的行径，按说应该向村政府检举揭发才是。但在这儿，大家都不会这么做。

“你想怎么做，就怎么做好了。只要让他明白，你已经都知道了。他一定会给你涨工资的。”

“既然你这么说了，那就这样吧。不过我自己的话，总归不太喜欢这种方式。不管怎么说，还是要谢谢你。”

利耶贝里走后，卡特丽继续钩织床罩。屋子里静悄悄的，卡特丽动作娴熟麻利，甚至不用盯着看手上的活，也能顺顺当当地织下去。钩织床罩已经成为她放空大脑的方式。可今天事与愿违，她脑海中的念头一个接一个往外冒，直到她被一个可怕的预感狠狠击中，整个人不寒而栗。她必须再找利耶贝里谈谈，就现在，立刻，马上。她跑下楼，冲进门厅，披上大衣，然后打了个手势，带着狗出了门。天已经黑了下来，匆忙间，卡特丽忘了带手电筒，可回去拿已经来不及了。为了赶上利耶贝里，她只能从森林中抄近路过去。卡特丽一次又一次撞上黑黢黢的树干，被迫停下脚步，然后挥舞着手臂，在黑暗中摸索着前进。她先是嗅到利耶贝里家兔子窝的气味，紧接着透过树干缝隙，她又瞄见利耶贝里家窗口渗出的微弱灯光。他们应该在吃晚饭，她本应等到明早再来的，这么做未免有些失态，可事已至此，她管不了这么多了。卡特丽在门廊里脱掉了靴子。出来开门的是爱德华·利耶贝里本人，他的几个弟弟正在里面吃晚饭。

卡特丽说："我有点事要和你说。就几句话，等你们吃完了再说好了。"

"没关系，"利耶贝里说，"饭等会儿再吃好了。

我们进房间说。”

房间里非常冷，利耶贝里家的几个兄弟通常都睡客厅。卡特丽说，自己就不坐了。然后她用急促而严肃的口吻解释道：“是我说错了。他开给你的工资属于正常范围，提供的折扣也是比较慷慨的。他或许骗过这个骗过那个，但他没骗过你。我收回我说的话，这件事情上，是我有失公允。”

爱德华·利耶贝里有些尴尬。他倒了杯咖啡递过去，但卡特丽婉言谢绝了。走出房间前，她说：“不管怎么说，你只要记住一点：接受并不意味着屈服。擦亮眼睛盯准他。无论如何，你都是赢家，因为你喜欢开车，你自己清楚，而他并不知道。”

走到院子里时，卡特丽嗅到了兔子浓重的气味。完了。或许利耶贝里再也不信任她了，那可就糟了。马茨的船，她还打算从利耶贝里那里订呢，而且动作要快，最好趁着夏天到来前造好。且不说订货的这笔钱连个影子都还没有，订货的这个人，甚至一度在指导路线上迷失了方向，差点危及了她的诚信和名誉，还怎么指望利耶贝里能心甘情愿地接下这笔订单呢？

20

冬天步入了一个新的阶段。海岸附近悄无声息，风呼啸着掠过冰面，在积雪上吹出一道道绵长的纹路。不少人都出去冰钓了，埃米尔·胡斯霍尔姆拉着红色雪橇，载着妻子，频繁地往返于棚屋和冰洞之间。雪已经越发少了，但冰层仍然坚固。哪怕在海湾和岬角周围，也丝毫没有消融的迹象。天气一天天晴朗起来。这天早上，安娜来到码头边，想要看看那堆所谓的破烂，也就是卡特丽言之凿凿、必将沉入海底的旧家具，可阳光刺眼，晃得她什么都看不见。船坞里传来叮叮当当的敲打声，两名工人正在有条不紊地钉钉子，钉一会儿歇一会儿，保持着完全一致的动作步调。安娜找了只倒扣的鱼笼，一屁股坐了下来，仰面朝着阳光洒下来的方向，闭上眼睛。

“今天天气真不错，”身后传来卡特丽的声音，

“你忘了戴墨镜了。”

安娜说了声谢谢，将她递来的墨镜放进口袋。

“今天的信到了。又是塑胶公司寄来的。”

安娜的后背瞬间绷直了，眼睛闭得也越发紧了。最后她说了句，阳光真是暖融融的，接着轻轻吹起了口哨。卡特丽在她旁边站了一会儿，然后转身回了兔子屋。

就像忘记其他许多事情一样，安娜已经将那家塑胶公司的事彻底抛在了脑后。这么多年以来，她所谓的棕色信封——上面的地址都是机打的文字，也从来没有花里胡哨的装饰——像团巨大的阴影，笼罩着她的生活。大多数时候，安娜会对他们的兴趣表示感谢，然后客气几句，说很高兴他们愿意使用花兔子的形象，对方提出的条件也都很合理，她也愿意接受。不过有时也会碰上麻烦事，对方想要一些事务性的信息，安娜无论如何都想不起来，在家里翻了半天，也没找到凭证。出于怯懦，她索性把这些难以应付的信件统统塞进柜子的抽屉，拖到以后再处理。然后渐渐地，她就一股脑儿都忘了。当然了，塑胶公司必须照章办事，他们几周前就来过一封信，索要安娜·艾梅林就花兔子版权问题所签署过的所有合同的副本。现如今，安娜正往柜子那边走去，突然听见卡特丽在院子里拍打地毯的声响。安娜停下脚步，拿着信愣了一会儿，然后又读了几遍。信写得清清楚楚，明明白白，没有丝毫会引起误会的地方。最后，安娜还是走到柜子前，胡乱拉开几个抽屉。抽屉里塞满了各种信件和纸张。对安娜来说，最本能的做法莫过于关上抽屉，然后躲进书的世界。可第二天一早，她又开始感到良心不安，塑胶公司标明的“尽快回复”字样仿佛利剑似的，从棕色信封里穿透出来。趁自己还没后悔，安娜赶紧把抽屉里的信件统统倒在床上，开始翻找起来。她很快意识到，这些信件早该分门别类地归纳整齐。床不够大，信件扑簌簌地掉在了地上，刚分类好的几封又混在了一起，她只能趴在地毯上继续找。她根本不记得哪一摞属于哪一类，还总是放错地方，把自己弄得腰酸背痛。眼看着时间就快到中午了，安娜决定去找卡特丽帮忙。

“你看看我被它们折腾的，”她说，“要我找出所有合同的副本！我怎么知道都放在哪儿了？更要命的是，爸爸妈妈的信和我的信都混在了一起，还有圣诞卡、发票什么的，有些都几百年了吧！”

“就这些吗？”

“柜子里都塞满了。我觉得没必要的都堆在最上面的抽屉，可能中间抽屉里还有一些……”

“他们要得急吗？”

“嗯。”

卡特丽说：“恐怕得等等了，看样子得花一段时间。不过我自认对整理东西还是挺在行的。”

马茨将所有信件和纸张都搬去了卡特丽的房间，柜子顿时空了下来。在安娜心里，这无异于一场巨大的挫败，可与此同时，她也感到前所未有地如释重负。

卡特丽以奇迹般的速度，将一切整理得井井有条。虽说这件事如果交给一个笨手笨脚的人，磨磨蹭蹭地也能完成，但那样的话，还不知道要拖上多久。卡特丽这儿看了两眼，那儿看了两眼，情况比她想象的还要糟糕，不过当务之急是要找出安娜的合同。等最终翻出这些合同时，卡特丽意识到，这些合同是不应该示人的。但凡有点脑子的人，看到安娜被骗得有多惨，多没底线，断然不会愿意开出更优惠的条件。卡特丽向安娜解释了一通。

“可他们还在等回复呢。”安娜坚持道，显得很焦虑。

“让他们等着好了。我们可以回信说，我们期待他们尽快报价。”

“可合同的事怎么说？说弄丢了吗？”

“合同没有丢。我们干吗要撒谎。我们可以选择什么都不说。”

褐色的档案夹就是这样进入兔子屋的。卡特丽是从城里直接订购的。她暂停了手里的针线活，每天晚上，她都仔细地帮安娜整理工作方面的信件。其中很多没有注明日期和页码，散落在不同抽屉里。卡特丽以极大的耐心和敏锐的洞察力，将其中的绝大部分都整理了出来。她一直以来都有种近乎强迫症的洁癖，家里的东西也总是各归其位地收纳整齐。整理安娜·艾梅林的信件，给予她一种安宁的满足感。随着时间的推移，对于之前很长一段时间内发生的林林总总，卡特丽逐渐有了清晰的认知。她算了一笔账，将安娜·艾梅林因为轻信他人或粗心大意而造成的损失进行了汇总。其中一部分损失，完全是她拉不下脸狠心拒绝，或是基于社会良知而难以启齿造成的，而绝大部分损失，则是她敷衍潦草、漫不经心的后果。卡特丽将这一笔笔金额都记在了黑色的小册子上。

“事情处理得怎么样了？”安娜站在门口，问道，“亲爱的卡特丽小姐，恐怕我之前一直都太马虎了……”

“的确是。你签订的协议，很多都稀里糊涂的。能挽回损失的并不多。”卡特丽头头是道地谈论起百分比和保证金这些东西，安娜只是愣愣地站在一堆棕色的文件夹前，沉默地看着文件夹背脊上方形的标签，安娜用娟秀的字体写明了文件夹里的内容。卡特丽说的话，她根本就没听进去，这些文件夹令她灰心沮丧。她所有做过的、没做过的事，都被分门别类地归纳清楚，任谁都能评头论足、说三道四。

卡特丽突然打断她，说道：“别吹口哨了。”

“我吹口哨了吗？”

“是的，安娜小姐。你一直都在吹口哨，麻烦稍微克制一下。好了，就像我刚才说的，有了这些文件夹，事情处理起来就简单多了。想找什么的话，一下就能找到，对于目前的状况，你也能有个大致了解。”

安娜意味深长地看了卡特丽一眼，重复道：“目前的状况……”

“就是你的业务。”卡特丽一字一顿地解释道，口气非常和蔼，“你签的合同。你这里有什么要求，对方有什么要求。比如上次合作你拿到分成的比例，只有先搞清楚这一点，才能要求进一步提高。对吧？”

“你地板上的是什么？”安娜冷不丁问了一句。

“他们打算缝一床被子，我在试着搭配颜色，尽可能协调一些。”

“这样啊。搭配颜色，尽可能协调。”安娜捡起其中一块钩花的长方形布块，端详了半天。她背对着卡特丽，简要地说，很感谢她的热心，帮忙整理了这么多信件。现在想找什么，都能立刻找到。当然她还是希望最好没这个必要。不过事情都已经这样了，回也回不去了。

“确实。”卡特丽有些生硬地答道，“事情都已经这样了，回也回不去了。如果没人来管的话，这个乱摊子还将继续乱下去。”她顿了顿，然后问道，“安娜，你信任我吗？”

“不是特别信任。”安娜用半开玩笑的口吻说。

卡特丽笑了起来。

“你知道吗，卡特丽？”安娜边说边转过身来，“不知怎的，相比于你微笑的样子，我更喜欢你开怀大笑的时候。这床被子是个相当精致的手工活，不过绿色搭错了地方。绿色很难搭配。现在这天气，出门散个步倒是不错。让泰迪跟我一起，出去呼吸呼吸新鲜空气怎么样？”

卡特丽的神色再次变得凝重。“不必了，”她说，“你遛狗不行的。狗只能和我或马茨一起出去。”

安娜耸了耸肩，突然充满恶意地说，卡特丽对金钱的兴趣，浓厚得未免有些夸张。在她的家庭里，金钱是一个不适合公开讨论的话题。

“真的吗？”卡特丽说，她的口吻轻飘飘的，“你真这么觉得？一个不适合公开讨论的话题？”她的脸色变得苍白，迟疑着朝着安娜迈近一步。

“怎么了，”安娜本能地向后退了一步，“你不舒服吗……”

“对，我不舒服。你就那么随随便便把钱打了水漂，还摆出一副无所谓的态度，我看了的确很不舒服。你难道没意识到吗，一个人不必为钱而操心，自然会很有安全感，也自然会变得慷慨，拥有无限的创意和灵感，但如果没有了钱，一个人的思想也会变得狭隘，灵感也会枯竭！你没有权利这么自欺欺人下去……”卡特丽说话的时候，特意压低了嗓门，声音低沉得有种摄人魂魄的力量。话说到这里戛然而止。沉默无限地拉长着，空气仿佛凝滞了一般。

安娜说：“我不明白。”

“你是不明白。”

“你脸色怎么这么难看。有什么我能帮忙的吗……”

“是有，”卡特丽说，“有一件事你能帮得上忙——让我来打理你的业务。我擅长这个。我也懂其中的门道。我可以让你的收入翻倍。”眼看着她们之间又一次陷入沉默，卡特丽补充道，“抱歉，我有点越界了。”

“不是有点，是非常。”安娜答道，“不过你现在看着好多了。”她换上妈妈以前那种居高临下，却和蔼可亲的口吻，说道，“我亲爱的卡特丽，你想做什么就做吧。不过要说我缺乏安全感，为人又不够大方，那你可就想错了。我可以向你保证，我的想法、我的灵感和收入没有半点关系。”安娜冲卡特丽微微点了点头，然后垂着头走出了房间。下楼时，她突然感到筋疲力尽，被迫停下脚步歇息了片刻，那阵疲惫感才渐渐过去。

“克制？”安娜轻蔑地嘟囔了一句，“稍微克制一下？就凭她？就好像她随时随地都很能克制自己一样……还有她什么意思，什么叫自欺欺人……”

狗正趴在楼下，瞪着黄黄的眼珠子看着她。那是个危险的动物，卡特丽不许她靠近，也不许她投食。安娜第一次径直走了过去，拍了拍狗的脑袋，力道之大，完全没有一丝友善的意味。

“尊敬的先生，艾梅林小姐未能尽早答复您的疑问，我们深感抱歉……”卡特丽又看了一遍，信是两年前寄来的，不过现在答复，或许为时未晚。对方提出的邀约颇具吸引力。卡特丽放下手中的笔，目光茫然地投向窗外。她手边是一本《商业信函教程》，还有一本英文字典。用英文写信的确很麻烦，可也不是写不来。卡特丽调用全部的意志力，写出一封封磕磕绊绊却又意思明确的信，寄给那些对利用花兔子形象赚钱感兴趣的商家。信中那些不可避免的格式套话，给人以一种近乎粗鲁的观感。每次，卡特丽顺利提高费用或是争取到一次性支付版税后，她都会将自己的成功案例记录在黑色小册子上。她还拒绝了各种慈善团体的邀请，并且驳斥了各种不合理的诉求，所节省下的费用，她也都一笔笔忠实记录在册，将账目做得井井有条。卡特丽告诉自己，这些都是她为马茨挣来的钱，她绝不会轻易让步，但也不会得寸进尺地提出过分要求。她的回信虽然冷冰冰的，但措辞至少礼貌得体，对于对方所提出的百分比的建议，她几乎从不给出还价的空间。她甚至不会多费唇舌，也不会在信的末尾添上一句评论天气的无关紧要的问候。卡特丽在黑色小册子的封面上贴了张字条，上面写着：献给马茨。这个充满挑战和争夺的严肃游戏成为一场现实的博弈，不断侵蚀她的思维。卡特丽失控地陷入了收藏家所特有的狂热之中。每次在黑色小册子上记下一笔成交金额时，她的内心都会盈满收藏家所特有的极度满足感，就好像终于收获了一件不可多得的珍贵标本。卡特丽精细而周密地计算出马茨所应获得的份额，以及安娜所能接受的比例。卡特丽所遵循的原则是，对于她设法弥补亏损的部分，安娜获利三分之二，马茨获利三分之一，而如果有人试图不劳而获，又被她成功识破，那么所有收益都归马茨所有。有些情况下，安娜的慷慨和纵容会导致利润保持较长时间的增长，对于这些收益，卡特丽会进行平均分配。

“塑胶公司的事情已经解决了。”卡特丽说，“情况比我预想中要好。他们可以拿出一套可行的方案，同时避免和橡胶联盟协会发生冲突。”

“这样啊。”安娜说。

“出版社又给你来信了。”

安娜读了一遍，然后指出，他们的语气不像以往那样友善了。

“那是自然。他们意识到，自己没法继续骗你了。下一次，我们争取的是版税，而不是一次性结清所有款项。你应该还没和他们谈下一本书的出版计划吧？”

“可能吧，我记不清了……”

“他们给你的信里，一个字都没提。对了，如果他们不能开出更优厚的条件，你不妨考虑换一家出版社。”

安娜绷直了身体，她还没来得及开口，卡特丽继续说道：“有一家业余剧团，提出想要借用花兔子的创意。兔子身上的花朵，他们想自己来画，并且会画满全身，一直画到耳朵的部分。他们现在没钱支付版税，但提出可以用门票收入来冲抵。我已经提出了一个相当低的抽成比例。”

“这不行。”安娜断然拒绝道，“一分钱都不能收。”

“他们已经同意了，百分之二。我们不能出尔反尔。还有一家纺织品公司，提出给我们百分之三的抽成，我提高到了五个百分点。我猜最终成交比例会落在百分之三点五，顶多百分之四。你先别着急发表意见。如果我们不争取的话，他们只会觉得我们好欺负，逐渐失去尊重。对了，说回橡胶联盟协会的事，他们想要降低抽成比例，以便在兔子身上安装一个发声设备。这样一来，成本高了，价格自然也会上调。想问你同不同意。”

“他们怎么说？”

“三个百分点。”

“不，我是说兔子，发声设备装在兔子身上的哪儿。”

“这个信里没提。”

“兔子是不会叫的。可能害怕的话会叫两声。要么就是死到临头的时候。”

“亲爱的安娜，这是我们必须走的流程。这是工作。”

“工作，工作，”安娜忍不住提高了嗓门，“我不想要一只会叫的兔子。太可笑了。”

“你不想的话，永远都不需要看到啊。它只会在中欧的某个国家叫那么两声。兔子会不会叫，那儿的人又不知道，再说，你也不认识他们。”

“他们愿意给我们多少抽成？”

“百分之三。”

“百分之二！”安娜大吼，身子从桌上探了过来，脖子和脸涨得通红，“百分之二！一成归我，一成归你。”

卡特丽沉默了。在她沉默期间，安娜意识到自己说的话有多么重要，她于是重复了一遍："一成归我，一成归你，我们平分。我们两个平分中欧那边的利润。"她又强调了一遍，听起来像是下了很大的决心。卡特丽做了个深呼吸，然后用冷冰冰的口吻说，这不成问题。不过如果安娜不介意的话，她们可以将橡胶联盟协会收入的一成记在马茨名下。

"就这样吧，"安娜说，"挺好的。不过关于橡胶联盟协会的事，别再让我知道了。"

卡特丽打开黑色小册子，用拖沓的字迹写道：马茨：1%。

"还有什么要紧事吗？"

"没了，安娜。"卡特丽答道，"最重要的事都已经办完了。"

21

夜幕降临，卡特丽估摸着船坞里的工作刚刚结束，于是匆匆赶往码头。本已减弱的风势又强劲了起来。利耶贝里兄弟正往家走，迎面就遇上了卡特丽。卡特丽在爱德华·利耶贝里面前停下脚步。其他人则继续赶路。

“这儿风够大的，”卡特丽说，“我们能换个地方聊吗？”

“这我说不好，”利耶贝里答道，“是关于什么事？”他还记得上次他们谈话的内容，对卡特丽仍存有戒心。

“是船的事。我想订一条船。”

利耶贝里盯着她不作声。卡特丽迎着寒风，用力喊道：“一条船！我想托你，给马茨造一条船！”

利耶贝里没有答话，只是转身返回船坞，打开了大门。这还是卡特丽第一次进去。狂风将金属顶棚吹得猎猎作响，不过室内倒是很宽敞，给人以静谧祥和的印象。卡特丽一眼就看到了正在建造的一条船。巨大的龙骨框架投射在墙上，映出恢宏的轮廓。天花板上悬挂着一块块用于船舷的宽木板，整个船坞散发着木屑、焦油和松节油的气味。卡特丽突然明白了，自己的弟弟为何总是心心念念想要回到这里，这里的一切都井然有序，仿佛一个与世隔绝的理想世界。她转过身，看着利耶贝里，问他是否能腾出时间，建造一条带船舱的大船。

“要多大？”

“船身长九米半，采用平接造船法。”

“时间应该是有的。不过造价可不便宜。关于动力系统有什么要求？”

“配一个四缸的汽油发动机，”卡特丽答道，“沃尔沃遍达牌的船用发动机，四十或五十马力都行。至于船的设计图，马茨已经画好了。我个人觉得还不错。不过我在船舶方面可谓一窍不通。”

“听上去你知道的还不少。”利耶贝里揶揄道。

“我看过他做的笔记。”

“这样啊。他应该略知一二。有机会，最好能让他把图纸带来看看。”

卡特丽说：“这件事麻烦就麻烦在这儿。我想等有了十足的把握，再告诉马茨这件事。”

“你说的十足的把握，是你有把握能付得起钱？”

卡特丽点点头。

“那你能吗？”

“应该可以。但现在还不行，要等到开春以后。”

“老实说，”利耶贝里说，“无论从哪方面考虑，这都是一个奇怪的订单。我要怎么向其他人解释？既然有订单，总要有客户吧？是艾梅林小姐吗？”

“不，不是。”

“按照你的说法，你自己也不愿意暴露身份？”

“对，现在还不行。”

“听好了，”利耶贝里直勾勾看着她，“你到底想让我怎么做？你自己又说不出口，指望我替你自圆其说吗？”

卡特丽没吭声，只是走到墙边，看着各式各样的工具挂在属于自己的位置上，锃光瓦亮，井然有序。她伸出手，一样一样轻轻触摸过去。和她弟弟一个样，利耶贝里心里思忖着，他们用同样的方式将主动权牢牢掌握在手里，你根本没法将他们排除在外。小巫婆，既然她已经动了这个心思，就一定有办法把大家耍得团团转。要是最后她真的拿不出钱，造好的船就另找别的买家好了。利耶贝里打定了主意，用蛮横的口吻说：“那就这样，成交。我们尽力而为。”

当天晚上，利耶贝里来兔子屋找马茨。他说自己听说，马茨画了些造船的图纸之类的，很想看一看。他们一起翻看了所有的图纸。“相当不错。”利耶贝里说道，“当然还有不少改善的空间。明天上班的时候，你把图纸带着。不过暂时先别告诉其他人。”

回到家，他告诉几个弟弟，他接到一笔订单，船身九米半长，采用平接造船法。客户希望匿名。

“你什么时候听说这件事的？”

“有一阵子了。”利耶贝里答道。谎言轻轻松松地说出了口，就好像给自己珍视的人送礼物一样自然。

22

安娜变得沉默且愤怒。她的内心被一种无法宣之于口的怀疑紧紧攫住，她，一个心地善良、和蔼可亲的人，居然遭受了这么多的欺骗。安娜这辈子第一次产生了深深的怀疑，无论对她自己，还是对周围的人来说，这种滋味都不好受。她开始逐一审视和自己有过交集的那些人：邻居、出版社、天真的小孩子，他们每一个，每一个都欺骗过她。直到想起爸爸和妈妈，她才从回忆中醒过神来。当然了，还有西尔维娅。兔子屋外面的一切变成了一个充满窃窃嘲弄和无耻欺骗的世界，让人无法拥有安全感。卡特丽说过，对于容易上当受骗的人，大家都不会给予尊重的。现如今，卡特丽又一次占据了她的位置，以她的名义和客户往来通信，用强硬的态度让安娜听命于自己，在她还不清楚事情原委时，罔顾她的兴趣偏好，便断然予以拒绝。而这一次涉及的金额非常庞大，如果意识到，这笔钱还有大幅增加的空间，那么人们自然会忍不住展开遐想和憧憬。当然了，前提是对方是诚实的。

“卡特丽，”安娜开了口，“我下面要说的话，请你认认真真听好了。我要说的是，与其这样对周围每个人都疑神疑鬼的，我情愿被人骗，蒙在鼓里。”

这时，卡特丽犯了个错误。她想都没想就脱口而出：“可现在已经太晚了，对吧？你已经不再信任任何人，所以你也没的选。我说的没错吧？”

安娜从餐桌旁站起身，走了出去。她来到门厅，打开大门，然后径直走到卡特丽的狗面前，小声说：“滚出去！”她的手掌触碰到狗的身体，她能明显感觉到对方厚实皮毛下的肌肉蕴藏着的惊人力量，但她现在已经不再害怕了。她用力推了一把，将狗推进了雪地，然后从柴火堆里抽出一根木棍，用尽全力扔得远远的，大喊道：“捡回来！快去！”狗一动不动，只是瞪着她。安娜又抽出一根扔了出去，重复刚才的命令：“捡回来！快去！照我说的做！”愤怒的泪水盈满了她的眼眶。外面天寒地冻，她跑回了家，房门还是大敞着。

安娜的尝试还在继续。每一次当得知家里没人时，她就把狗赶到屋外。她像是和自己较劲一样，倔强地将木棍丢进森林深处，一次又一次，日复一日。最后，狗总算捡回来一根，它的动作相当迟缓，耷拉着耳朵，无精打采地站在雪地里，直勾勾地盯着她。

“你在干吗？”马茨问。他刚刚沿着岔路爬了上来，在兔子屋的拐角处停下脚步。

“和泰迪玩呢。”安娜答道，语气有些局促，“狗都喜欢跑去捡东西……”

“这只不一样。”马茨说，“它只听卡特丽的话，别人的话一概不理。进来吧。”马茨对安娜说话的语气前所未有地严厉。他用后背顶着门，安娜一闪身，迅速从他面前走进了门厅。

“新的一批书寄到了。你想看什么就拿吧。”安娜说，“反正我今天没心情读书。”

马茨一本本拿起来，看了看，又陆续放了回去。最后他略带焦虑地说，驯狗这件事比较微妙，动物本来就不喜欢被打扰，而且会很没有安全感。和它们打交道的时候要特别当心。卡特丽从没让狗去捡过东西。

“可这只狗过得并不开心。”

“这我说不好。”马茨说，“我看它还挺自得其乐的。反正就目前的情况来说，对它做任何的改变都已经晚了。”

“那你打算看哪本书？”安娜有些不耐烦地说，“我看看他们都寄了什么过来……《小埃里克的远航》，真无语。把这儿当收破烂的吗，不要的都往这儿扔，真离谱……约瑟夫·康拉德的书你读过吗？《台风》？”

“没有。”

安娜翻出那本书。“给，好好读读，这本书再写实不过了。在描写船只遭遇暴风雨的小说里，《台风》绝对是佼佼者。这比探险之类的有意思多了，而且不只是暴风雨……你姐姐不是向来喜欢小说吗，我猜，她对约瑟夫·康拉德肯定不陌生。”过了片刻，安娜又补充道，“当然了，前提是她能读得懂。”

马茨避开了安娜直视的目光。他打开书，一如他触碰所有物品那样，小心翼翼地翻着书页，然后试探地说，其中的大部分内容，卡特丽应该都能读得懂。“她很聪明。比我们大家都要聪明。”他说。

“是有这个可能。”安娜说，“你当然可以这么认为。不过要知道，年轻人，她并不是天资聪颖的那种。这是两码事。”

安娜走后，马茨给自己泡了杯茶。他在餐桌边坐下，开始读书。随着暴风骤雨的降临，屋子里变得异常安静。

可是安娜已经完全失去了阅读的兴趣。那些乘风破浪的航海勇士、丛林探险家、荒野上的英雄人物，突然变成了毫无生气的空洞形象，他们所生活的荣耀世界，那个讲究公平正义、永恒友谊以及合理报酬的理想国，也已经不容她进入。安娜不明白一切怎么会变成这样，只觉得自己沦为了局外人。

一天，安娜随口提了一句，说自己不想再被牵涉进任何商业纠纷之中，她完全不想谈论相关的话题，甚至都懒得了解其中的细枝末节。既然卡特丽擅长于此，那她就按照自己的想法进行利益分配好了。

“可是安娜，我不能这么做。一些信对你而言至关重要，我不能越权替你做决定。这是严肃的事，不是游戏。”

“对，游戏你是玩不来的。”安娜有些残忍地说，“你不知道如何玩游戏，这才是问题的关键。”

差不多就是在这段时间内，卡特丽设计出了她的百分比游戏，她称之为“为马茨而战”。游戏非常简单，先用硬纸板裁成长方形的卡片，每张上面写清楚百分比——5%，4.5%，7%，10%，等等，然后像发牌一样发到每个人手里。玩这个游戏，只要反应速度够快就行，不需要做进一步解释。

卡特丽说："这些人提出愿意给百分之四的抽成。我们拿多少？"

"百分之五。"安娜说完，立刻扔了一张卡片在桌上，"别被他们骗了！"

"其中多少给马茨？"

"百分之二点五。"

"不，"卡特丽说，"我就拿百分之四，其中百分之二给你，百分之二给马茨。这回我有优先权。因为你把抽成提高到了百分之五，所以我们有了百分之一的盈利。盈利进彩池。"

"彩池里的钱怎么处理？"

"由你说了算。"

"那就给泰迪买条毛毯吧。"安娜说完，笑了起来，"然后呢？下一个出多少价？"

"他们提议，百分之七点五。"

"百分之十！"安娜喊起来，"但其中只有百分之四归马茨。"

"安娜。你别逗了。你拿不到百分之十的。"

"那就百分之八吧。不过还是照我说的，其中的百分之四给马茨，不，百分之五。给他五个百分点。”

卡特丽记了下来。她的对手往后一倒，靠在椅背上，重复了一句：“然后呢？下一个出多少价？”

“没有下一个了。但凡柜子抽屉里能找到的，我都写在里面了。”

“那我们可以假设嘛。”安娜说，“我还想接着玩。”

于是她们开始虚构各种场景和百分比。每当黄昏来临，安娜和卡特丽就喜欢玩这个游戏。她们会将炉火生得旺旺的，还在桌上点两根蜡烛，准备笔和纸，然后分发卡片，各自举牌出价，再扔牌。每一张卡片都代表着极高的价码，渐渐地，金额增加到了百万级别。卡特丽一直在做记录。她玩得很认真，并且总是尽可能让安娜赢。不过这种不真实的游戏令她深受折磨，她总感觉自己侵犯了真实数字的尊严。她们将安娜的业务当作游戏的方式，或者说，安娜谈论和对待自己业务的方式，让卡特丽产生了一种极其不真实的感觉，对待数字时，她已经难以找到它们纯粹的平衡和内涵。她将新赢的钱和之前的盈利加在一起，根据她的计算，这些钱统统进了马茨的账户。在记录安娜的百分比时，她甚至比从前更加仔细，更加上心。不过，虚构金钱的游戏还是让卡特丽感到忐忑不安，安娜对待数字的态度让她困惑，生平第一次，卡特丽失去了精于计算的能力。她在房间里一坐就是好久，双手紧紧捂住眼睛，试图将现实的情况和虚拟的游戏区分开来。她被数字追逐着，被迫不断向前，但数字已经不再是她的忠实盟友。卡特丽越发觉得，安娜的虚构游戏是一种变相的惩罚，那些被遗忘许久的信件已经得到了回复，而新的来信却寥寥无几。安娜似乎很失望。“今天就没人给我们骗了吗？那我们来玩百万游戏吧。”在这个游戏中，你可以利用百分比来压制对手，无论出价高低，结果都是一样。

她们试着改玩竞拍游戏，但这是个错误。安娜输得一败涂地，大发雷霆，气得吹胡子瞪眼。于是她们又回到了百万游戏。

安娜和狗单独在家的时候，她会将狗带去后院，训练它捡东西。狗变了。有人走进门厅，经过它身边的时候，它会霍地站起来，龇开牙。

“坐下。”卡特丽命令道。狗乖乖坐了回去。

23

安娜卧室的窗户下，摆着一张白色金属桌脚的雕花桌子，它已经空荡荡地在那里闲置很久了。卡特丽提议说，那些装有安娜私人信件以及安娜爸爸妈妈往来通信的文件夹，正好可以放在上面。那些文件夹都是白色封皮的，和桌子很搭。

“好啊。”安娜说，“爸爸妈妈的信件。我还以为你都扔海里去了呢。他们的信，你也都读过了吗？”

卡特丽僵住了。突然间，她意识到安娜变了模样。她的脸整个缩了起来，露出狡猾的神色，看着让人心里发毛。她答道：“没有，我没读过。”

“想想吧，”安娜说，“所有信息都清清楚楚标在了文件夹的背脊上。我想找什么都能找到。就好比说，某人在1908年给我爸爸写的信。”

卡特丽仔细打量了她片刻，然后一言不发地走开了。

安娜在自己房间里踱来踱去，将东西一样样挪开，又一样样放回原位。她内心升起一股无名火，强迫症似的逼着自己把每件事都做到极致，心情才稍微缓和了些。最后，安娜抽出装有西尔维娅信件的白色文件夹，在床边坐了下来。所有的信件都按照时间顺序排列整齐。安娜跳过了学生时代的字条、西尔维娅的婚礼请柬，以及西尔维娅意大利之行的所有明信片。她还瞥见了父母相继去世时，西尔维娅发来的唁电。安娜不耐烦地翻找着，应该快出现了：她的第一幅水彩画。就在这儿："亲爱的安娜，听说你现在有了事做，真为你高兴。有一份自己热爱的事业，生活会变得简单许多。"不，那时候应该还没有。直到西尔维娅亲眼见到了她的画，要么就是她的第一本绘本出版的时候，她的插画事业才真正受到重视，至于具体什么时候，她也记不清了……总之，她们第一次谈到安娜的工作时，双方的态度都非常郑重，西尔维娅还说……她给过安娜很多帮助和支持，从某种意义上说，是西尔维娅鼓励她继续坚持下去的。可能是这一句："生命是短暂的，但艺术是永恒的。加油，小安娜。"不，不，不。是这句："别把这些看得太重，灵感来的时候自然会来。”还有：“我觉得你的兔子可爱极了，你完全不用担心。”她们之间的通信接近尾声，其中一封写道：“你所谓的捍卫领土完整，努力不被欺骗是什么意思？你收到我的新年礼物了吗……”信件往来的频率越来越低，慢慢由圣诞贺卡所取代。安娜往回翻找了许久，她想找出最重要的那些，比如西尔维娅对她工作的决定性评价，可始终未果。西尔维娅并不理解，也并不关心，她只是多愁善感，无病呻吟罢了。安娜将空文件夹放回原位，把床上的信统统装进塑料袋，然后走到地下室，把陶瓷碎片也塞了进去，然后仔仔细细地扎紧了袋口。除了她自己，只有狗在家。安娜将自己裹得厚厚实实，下了坡来到海边。冰面非常滑，堆积着家具的垃圾山仿佛一座纪念碑，看着遥不可及。路程远比她想象中要漫长艰难。她索性将塑料袋往地上一扔，转身回了家。她和西尔维娅的这场道别，没有任何人看见。走进门厅，安娜对狗说：“你现在想说什么？”不过这一次的对话，她并没有体会到任何胜利的喜悦，而更像是试探和观察。

24

马茨几乎成天都泡在船坞里，一吃过晚饭就上楼，钻进自己的房间。卡特丽什么都没问。

他应该在画图纸吧，这里那里总有些细节需要完善。他也不再看闲书了，只沉迷于船舶知识类的书籍。很快我就要向利耶贝里支付定金了，总价的三分之一。等到船只初具规模的时候支付第二笔酬劳，交货日再付清最后一笔。等筹齐了定金，我就可以告诉马茨，他在建造的是属于自己的船。不过现在还不行，时机尚未成熟，我也不敢把这件事透露给安娜。她的行事作风越发难以捉摸了。说不定她会玩阴的，翻脸不认账，把原先说好给马茨的百分比当成虚构的盈利。我必须耐心等待，小心地和她周旋。自打记事起，我就一直在等待，除了等待，还是等待，等待最终的行动，等待付出我所有的洞察力、勇气和想法，等待那个公平公正，且具有决定性的伟大转折。这条船意义重大，但这仅仅是个开始。我可以让她的遗产成倍地增加，对闲置的财富进行理性而睿智的投资，将它们盘活，让钱生钱，只要把本金还给她就行。这场利滚利的百万游戏不再是虚构的把戏，而是一场值得认真对待的竞技。事不宜迟，绝不能耽搁片刻！

25

这天，卡特丽去外面遛狗的时候，安娜打开了自己的工作箱。在她所有的箱子和抽屉里，只有这个经过认真打理，收纳得整整齐齐。整个冬天它都处于紧锁状态，直到海边迎来春天的第一抹薄雾，安娜才会进行每年一度的开箱仪式。她将柚木的盖子掀起来，仔细端详着表面——虽然已经出现明显的破损，但精心上了油，摸上去并不觉得粗糙。她用挑剔的眼光审视了箱子的每一个角落，确定不需要补色后，又试了试画笔的手感，画笔的刷子都是用上好的貂毛做成的，价格不菲。在确定所有的材料都符合要求后，安娜又按照原来的顺序逐一放了回去。然后，她走到屋后的森林里，在雪地上挖了个洞，被积雪覆盖的苔藓显露出来。安娜用手按了按冰冻的大地，感觉到凝结了一个寒冬的坚冰正在慢慢融化。现在还不到时候，再等等，不会太久的。

26

卡特丽朝着岬角走去，她听见森林尽头，松鸡发出开春的第一声鸣叫。冰面灰扑扑的，仿佛沥青路一样，密密的云层在上面投映出一条墨蓝的长长色带。狗走得跌跌撞撞，一副心神不宁的样子，快到灯塔的时候，它突然跑开了。卡特丽用低沉的嗓音叫唤了两声，那是狗熟悉且服从的命令，狗像狼一样在远处逡巡着，却迟迟没有回到她身边。卡特丽掏出香烟，又一次用低沉的嗓音发号施令，狗还是无动于衷。卡特丽转身往回走。阳光越发强烈起来，显示出不可抗拒的穿透力，整个大地似乎充满了期待和憧憬。海边的冰层已经碎裂开来，海水沿着裂缝呼吸着，涌动着，跳跃着，然后被再一次卷回大海的怀抱。卡特丽点燃香烟，将空的烟盒揉成一团，扔到冰面上。狗突然警醒起来，蹚过浮着碎冰的海水飞跑过去，用嘴叼了烟盒，送回她的脚边，然后将脑袋歪向一旁，直勾勾地盯着她。看到这副情形，卡特丽意识到，她的狗已经成为她的对手。回到家，她径直走到安娜面前，说：“安娜，你毁了我的狗。你偷偷摸摸地干出这种事，我已经没法再信任它了。”

“信任？”安娜反唇相讥，“我不知道你这话什么意思……狗天性好动，喜欢玩耍，不是吗？”

卡特丽走到窗边，背对着安娜，继续说道：“你自己做了什么，你比谁都清楚。可是狗自己应该做什么，它被你彻底弄糊涂了。我这么说，难道你不明白吗？”

“我是不明白！”安娜忍不住喊出来，“逗它玩玩怎么了，难道连玩都不行吗……”

“你和狗一起玩，并不是出于玩的目的，这你很清楚。”

“那你呢，卡特丽·克林？你那些关于金钱的游戏，连好玩都算不上。你别觉得狗有多幸福，它不过是被动地服从而已。”

卡特丽转过身来。“服从？”她说，“你根本不知道这两个字代表了什么。它意味着对一个人的信任，从一而终遵从他的指令。它是一种信仰，是从责任中解放。它也是极简主义的体现。你知道自己必须完成的任务，因为拥有唯一的信仰，所以感到安心，感到平静。”

“唯一！”安娜脱口而出，“真是一番慷慨激昂的演讲！可我为什么要服从你？”

卡特丽冷冰冰地答道：“我以为我们在说狗的事。”

27

一天早上，安娜说，自己要亲自去一趟杂货店，把东西拿回来。

“去吧，”卡特丽说，“不过路上可够滑的，还是穿雪地靴吧，别穿毛毡靴了。对了，别忘了戴墨镜。”

安娜还是穿了毛毡靴。下坡的岔路很不好走，快到底的时候，她一个趔趄摔倒在了雪地里。她紧张地四下张望了一番，还好，窗口都没人。

“哎哟哟，”杂货店老板说，“艾梅林小姐亲自光临本店，真是稀客。我都有些惶恐了，也不知道你们那里的情况怎么样了……话说回来，你想要买点什么？”

“我想买点太妃糖，但具体牌子记不清了……我都好久没买过了。就是糖纸上面有小猫图案的那种。长方形的，有小猫的。”

“你说咪咪牌啊。”杂货店老板笑着说，“那算是老古董的牌子了。不过我们现在进了种新的，有小狗图案的。”

“不用了，谢谢。我就想要有小猫图案的。”

“行。家里有只大狗，可不容易对付吧？据说它性子挺野的。”

“狗挺乖的，训练有素。”安娜反驳道。想到店老板曾经欺骗她的事，安娜突然觉得他的笑容一点也不友善，甚至连基本的礼貌都谈不上。安娜转身走到食品货架前，又像往常一样陷入了纠结，不知道自己究竟想买什么。松德布卢姆夫人推门走了进来，看见安娜，过分惊讶地打了个招呼。她买了咖啡和空心粉，又拿了一瓶柠檬水，然后一屁股坐在窗前的桌边，饶有兴趣地听着他们的对话。

店老板说：“克林小姐已经成了一名出色的管家。当然了，我早就说过，她一直都很清楚自己想要什么。她弟弟也挺机灵的。听说你们还在造一条船，用的就是她弟弟的设计，是吧？”

“那是什么东西？”安娜问。

“是酵母粉。烤面包用的。”

松德布卢姆夫人清了清嗓子，又往杯子里倒了些柠檬水。

“船。”店老板重复了一遍，脸上泛起一抹微笑，“船可是个好东西。我一直都很喜欢。我没猜错的话，那条船是艾梅林小姐订的吧？”

“不是，”安娜答道，“抱歉，我对船的事一无所知。当然，我在书里读到过一些，不过也就那么多了。麻烦帮我记在账上。”

房间里的气氛顿时变得诡异起来。安娜走出店门的时候，松德布卢姆夫人冲她的背影喊了一句：“代问克林小姐好，请向克林小姐表达我独一无二的敬意！”

安娜匆匆往家走去，完全忘记了取包裹和信件的事。他们在说什么？应该就是平常的闲聊八卦吧……不，不，她不能再上当受骗了，她现在知道，他们内心阴暗得很，打心底里嘲笑她、讥讽她——安娜·艾梅林，他们也看不起卡特丽和马茨……这个鬼地方，她再也不会踏进一步了。除了钻进属于自己的那片森林，她哪儿也不去，她必须全情投入工作，越快越好……立刻，马上……咪咪牌太妃糖吃起来和四十年前完全不一样了，动不动就粘在牙齿上，实在烦人。安娜加快了脚步，一直低着头看路。不少邻居从她身边经过，主动和她打招呼，可她根本没留意，一心只想回家，回到可怕的卡特丽身边，回到她已经面目全非的世界里，那里虽然充满苦涩，却没有邪恶或欺骗。就快要走到上山的岔路时，尼高家的老太太冲安娜迎面走了过来，在路中间停下脚步，说道："艾梅林小姐，你怎么急匆匆的。你这是出门踏青来了吗？放心，过不了多久，春天就会回来的。"

听见她和善而平静的声音，安娜不由得站了下来，脚边都是雪泥。她抬起头，春日的暖阳晃得她睁不开眼。

"兔子屋那里一切都还好吧？"

安娜紧跟了一句："兔子屋！这就是村里人的叫法？"

"是啊，你不是知道的吗？"

"不，我确实不知道。"

尼高家的老太太一脸严肃地看着安娜，解释说："这就是个昵称而已，没有恶意的。"

"不好意思，我有点急事。"安娜说，"说了你也不明白，但我现在的确很赶时间……"

越靠近海岸的地方，路就越是湿滑。安娜拄着手杖，可根本撑不住，只能深一脚浅一脚地往前挪，那模样看着可笑极了。有几次，安娜也摸不准雪堆有多厚，一脚就踩了进去，她抖了抖靴子上的雪，继续艰难地往前走。就快到了，但她的焦虑一点也没有减少。她必须赶紧躲进自己的地盘，躲进云杉形成的幕墙之下。那里的雪纯净无瑕，没有踩踏的痕迹。村里的孩子们凑在山脚下，抬头看着兔子屋，一迭声地喊着她听不懂的词。

“别吵了！”安娜吼道，“我人就在这儿，你们想干吗？”

孩子们顿时噤了声，向后退了几步。

“别害怕，”安娜说，“我不是不让你们来玩……不过你们要知道，我现在真的没空接待你们，我手头有急事……”她在包里摸索了半天，想要找咪咪牌的太妃糖。孩子们懒得理她，又一次冲着兔子屋大声嚷嚷起来，听着像是在喊“巫婆，巫婆，巫婆……”。安娜顺着岔路往山上走，手里紧紧攥着的太妃糖已经有些发黏，她干脆一甩手，将一把糖撒在了雪地里。“给，都拿去好了。”说完，她拄着手杖，一步一滑地朝着山上走去。

微风拂过兔子屋后的森林。湿润的积雪沉甸甸地压在云杉枝丫上，被风一吹，扑簌簌地抖落了一地，这儿一丛，那儿一块，整片森林充满着轻快的声响。向阳一侧的树根周围，积雪已经消融开来，露出潮湿的黑色土壤，灌木丛的枝头也爆出嫩芽。

安娜时而停下脚步，似乎在等待着什么，然后才又继续往前走。

“她今天出门倒挺早啊。”利耶贝里倚在窗口，说道，“老小姐可能看错日历了，看样子，她的腿脚也没那么利索了。”

“家里住了个巫婆，闹出什么幺蛾子都不奇怪。”他弟弟说道，“这事还有的闹呢。”

爱德华·利耶贝里转身进了屋子，对弟弟说：“管好你的嘴，少说风凉话。那个巫婆比你聪明十倍都不止，况且，你也不是什么善茬。”

安娜沿着森林边缘往前走，每年春天，她都会沿着同样的路走上一遍。因为累积了一个冬天的渴望，所以她的心情往往兴奋又紧张，她熟悉这里的每一棵树，熟悉这里的每一寸土地。然而今天，这个过于仓促的日子，黑色的土壤显得死气沉沉，除了湿漉漉的泥土外，她找不到一丝奇迹存在的征兆。

安娜回了家。

28

安娜常常认为，自己算是描摹大地的画师。一次，她曾无意中提及这一点，却惊讶地发现听众将这番话当作她自谦的表现。而事实上，在这个称谓的背后，隐藏着的是她平静而崇高的信念。从严格意义上来说，只有她，安娜·艾梅林，才能以最为恰当的方式描绘森林和大地。这片生生不息的土地永远不会让她失望。自从今年第一次在森林里漫步后，安娜就被强烈的焦虑情绪所笼罩。任何人，任何东西都无法让她平复心绪。她感觉自己被剥夺一空，已无立足之地。时间一天天过去，她的焦虑却与日俱增。她翻出父亲和母亲一辈子收到的所有来信，她也说不清楚这么做的缘由，但隐约觉得，这应该和她的工作有关，或许能够解释她和画画之间的不解之缘。在所有这些装满来信的文件夹里，一定能找到一个解释，或许是一个暗示，告诉她，孩提时代的安娜或少女时代的安娜，为何会被森林中的土地所牢牢吸引，会全身心投入这方天地之中，这个从未背叛过她，直到今天才让她心生畏惧的世界。这一点至关重要。一定有人曾经提及过她。文件夹里有很多的信件，太多太多了。可是，写信给尤利乌斯·艾梅林和埃莉斯·艾梅林的那些人，似乎对他们女儿的事绝口不提。安娜继续往下读，越读越快，读得一目十行，读得连晚饭都没了胃口。天色渐渐暗了下来，她点了灯继续读，以最快的速度浏览那些评论、那些见解，那些对已经去世的两位老人来说，曾经意义重大的感悟。每读完一个文件夹，她都会放在一旁，信纸上的年代逐渐向后推移，安娜的年龄也在逐渐增长，可仍然没有人在信中谈论到关于她的琐事。对方顶多会提一句，向你女儿问好，或者，祝你们一家三口圣诞快乐。她就好像一个不存在的女儿。除此之外，还有爸爸和政府机关的来往信函，他参加各种俱乐部和协会的会费清单，妈妈做的家庭账本，出国旅行的火车票存根，从南方某些城市寄来的明信片，那里或许住着爸爸妈妈久未谋面的某个老友，明信片上写着：亲爱的埃莉斯，祝贺你的女儿顺利毕业……

然后，就是寄给埃莉斯·艾梅林的唁电，再然后就没了。

“也对，”安娜自言自语，“或许就是从那个时候起，我开始试着描摹大地的。”

29

第二天早晨，安娜不想起床。“你走吧。”她说。

“你身体不舒服吗？”卡特丽问。

“没有。我就是懒得动。”

卡特丽将托盘放在她的床头柜上。“我挑错书了，”安娜说，“就是我刚读的那一本。我甚至都没兴趣知道结局是什么，很可笑吧。感觉就是车轱辘话，一遍一遍来回说，枯燥极了。”说完，她用被子蒙住脑袋，等着卡特丽的反驳。可卡特丽只是默默走开了。进了门厅，她拦住正准备出门的马茨，说道：“你能去和安娜聊两句吗？她懒得起床，可又说身体没毛病。好像在生闷气。”

“怎么回事？”马茨问。

“我不知道。”

“可我去了能说什么呢？”

“你们晚上一起看书的时候都说什么？”

“我们也不太说话，”马茨说，“顶多就是聊聊书里的内容。”

“她也不想读书了。”

“我知道。真倒霉。”

“什么事真倒霉？”

马茨没有回答，只是直盯盯地看着姐姐。两个人分手后，马茨去见了安娜，笼统地提了一句说，船很快就能下水了，过不了多久，海面上的冰就都化了。

“听着，马茨，”安娜说，“我明白，你说这些，就是为了安慰我的，而且是卡特丽让你来的。”

“确实。”

“在我看，船什么时候下水都行，早一天晚一天的无所谓。”

“艾梅林小姐，这你可就错了。”马茨严肃地反驳道，“不妨告诉你，我们正在建造一条非常漂亮的船。”

“是吗？”

“是根据我画的图纸建造的。”马茨在门边逗留了片刻，搜肠刮肚也想不出还要说些什么，最后只好问安娜，自己还能帮什么忙。

“倒还真有件事。”安娜答道，“你可以把这些文件夹统统搬到冰上去。房间里东西太多了，挤得我喘不过气来！”

“那有点可惜啊，”马茨试着劝阻道，“这些文件夹还挺贵的。卡特丽特地挑了白色的，和你房间的家具比较搭。”

“拿出去，”安娜说，“统统给我拿出去，就和那堆废旧家具放一起，它们才比较搭。就等它们一起沉入海底好了。你刚才说什么，冰就快融化了？我倒是很盼着那一天，它们能消失得无影无踪。”

那天，安娜没有吃晚饭，不过天色完全黑下来之后，她走到厨房里，打开冰箱想找点吃的。还没等她打开卡特丽订购的食品袋，马茨突然出现在门口，主动打了声招呼。

“吓我一跳。”安娜说，“看你姐姐费心整理的结果！不打开袋子，根本就不知道里面装了什么东西，她是够费心的，我也够费劲的……你把东西都扔出去了吗？”

“扔出去了。要是还有什么要扔的，你尽快告诉我一声就行。冰说化就化了。”

“我在找奶酪。奶酪这种东西，干吗也要用塑料袋包着，真是搞不懂。你觉得等冰化了，它们会沉下去吗？”

“绝大多数都会吧，不过有些会浮在海面上，漂到不知道哪里去。”

“马茨，你知道吗，有时候我莫名其妙就觉得疲倦。你说的那个，关于船的图纸是什么？”

“没什么，就是我自己画的。”

“我想看看。”

“最好的那一稿放船坞里了。我这里只有最初的几稿。”

“那就都拿过来呗。”

“可是我画得不怎么样，挺粗糙的。”

“马茨，”安娜说，“快去拿吧。这可能是你这辈子唯一一次机会，向一个理解构图理念的人展示你的设计图纸。”

安娜将图纸放在面前，坐着端详了许久。她一张一张地全部翻看了一遍，最后说：“那个线条非常优美。”

“它就是所谓的船体型线。”马茨说。

安娜点点头。“这是一个很好的词。你想过吗，这些枯燥的专有名词，是如此优美而切合实际？包括职业术语、工具的名称，还有颜色的名词。”

马茨冲安娜微微一笑。在一次又一次的绘画中，她能感觉到这些线条以克制和韧性，逐渐形成最终的曲线。突然间，她第一次捕捉到从门廊拂过的微风，它呈现出和设计图一模一样的弧线。她说：“我猜，你的船一定很美。”

马茨开始向安娜解释起来，他用了大量的术语，告诉安娜船只是如何适应海上多变的天气，以及如何实现荷重航行的。他使用了大量专有名词，虽然安娜闻所未闻，但她始终没有唐突提问，生怕打断马茨专注的解说。最后，马茨向后一仰，整个人靠在椅背上，将胳膊高举过头顶，笑着说：“二十马力！目标正前方，出发！”

“对，”安娜说，“勇往直前。现在我明白了，难怪你对那些古老的航海故事没兴趣，你在打造属于自己的船。”

马茨答道：“可这船不是我的。”

“不是你的船吗？”

“不是。只有设计图纸是我的，船造好后是要卖掉的。”

“那谁会买呢？”

“估计利耶贝里都还不知道呢。他们只管造船。”马茨站起身，将设计图纸卷好。

“等一下，”安娜说，“如果你有了自己的船……你会做什么？”

“当然是出海远航了。在海上待个半年一年的。”

“一个人吗？”

“当然了。”

安娜说：“曾经，我也梦想着能有一条船，一条属于自己的船，就停在岸边，随时都能出发，一个人悄悄地走，谁都不知道……在我的想象中，那应该是一条白色的划艇。你会操作发动机吗？”

“我正在学习。”马茨答道。

后院的门吱呀一声开了，随即又关上了。他们静静等待着，直到卡特丽走远了才继续刚才的对话。

安娜问：“难学吗？”

“你想学的话就不难。等船造好后，我们就要进行最后的检查。发动机、油箱、驾驶座、船舱这些，都要考虑在内。其他部分都在其次。不过最重要的是如何让船顺利下水，这样船坞里就能腾出空间，为造下一条船做准备。”

安娜听着听着就恍了神。“我也划过船，”她说，“我借了一只小独木舟，自己一个人划了出去，但是那些小岛都太远了，而且晚饭前，我必须赶回家……要是我把你设计的这条船买下来，估计我也不会成天待在海上。我真正能用到它的时间太有限了。其实对我来说，只要知道它在那里就够了……

你知道的，这就是船的意义。永远别忘了，这是属于你的船。”

马茨说：“我不明白。”

“你有什么不明白的？”

马茨只是摇了摇头，然后看着她，神色近乎冷峻。

“你以为我就是随口说说而已吗？”安娜有些不耐烦，“你并不知道，如果我真正想要做一件事的话，我就会全心全意付出努力，任何事都无法阻拦。可惜啊，这些日子以来，我真正想要做的事实在太少了……不过这条船，我想要送给你。不，别和我推脱，什么也别说，至少现在别说。就把它当作我俩之间的秘密。现在我要回去睡觉了。今天晚上，我打算好好睡上一觉。”

30

“能耽误你几分钟的时间吗？”马茨问。

利耶贝里停下手头的活，抬起头，意识到这是私事，于是和马茨走到船坞的另一边。

“说吧，什么事？”

“你没有答应把船卖给谁吧？”

“还没，你问这个干吗？”

“因为这是我的船。”马茨压低了声音说，“你知道吗，它是我的船。我即将成为船的主人。”

“就算是吧。钱的事怎么说？都搞定了？”

“搞定了。”

“那不就行了，”利耶贝里的语气缓和下来，“不过别担心，船没有许诺给别人。竞争抬价的事，我可做不出来。反正吧，客户要求匿名这个理由听着还挺像那么回事。只要你这里没问题，我就没问题。”

那天下午，利耶贝里站在船坞外抽烟。卡特丽刚好路过。“喂，小巫婆，”他打了声招呼，“事情开始有眉目啦。”

卡特丽带着狗停了下来。她一向挺喜欢利耶贝里的。

他说：“目前看来，一切还都挺顺利的。定金的事情暂时不急。反正不用藏着掖着，事情可以放到台面上说了。现在，大家都知道这是马茨的船了。”

卡特丽愣住了。她问：“谁说的？”

“当然是马茨自己说的，他说钱都搞定了，难道还会有假？”

“没有。”

“你看着可够累的，”利耶贝里说，“别过得那么辛苦。有时候稍微等一等，事情就会迎来转机的。”

“不会的。光靠等的话，事情永远都不会迎来转机。有的时候，就只能这么无望地干等下去。”卡特丽自顾自往前走，狗赶紧跟了上去。利耶贝里在原地站了一会儿，目送着他们的背影，心里犯起了嘀咕，这事估计没那么简单。

卡特丽朝着海边的岬角走去，时不时用低沉的嗓音对狗发号施令。狗跑到一旁，身上的毛全都竖了起来，耳朵绷得紧紧的，摆出攻击的姿态。卡特丽突然失去理智，冲着狗大嚷大叫起来。她就站在路中间，拼尽全力地嘶吼着，吼到自己都觉得筋疲力尽。那些谩骂的词汇不受控地从她口中喷涌而出，承载了她所有的疲倦和失望。然后，狗也开始狂吠起来。村里人从没听过卡特丽·克林的狗这么叫过。他们早已习惯了温柔的呜咽声，甚至都快忘记，这是一只充满野性的大家伙。狼一样的吠叫声传遍了大街小巷，人们不禁疑惑，卡特丽和她的狗究竟出了什么事。狗还在狂吠不止，过了好久，它才慢吞吞跟着卡特丽回了家。卡特丽将狗拴在了后院里，狗丝毫没有噤声的意思。

“你的狗怎么了？”安娜问，“它怎么一直在叫唤？”

“它已经不再是我的狗了，”卡特丽答道，“是你把它从我身边夺走的。还有，你对马茨都做了什么，你们一晚接一晚地坐在这儿看书，窃窃私语，盘算着签个协议之类的……”

“你在说什么啊，我听不懂你说的话……”

“船！他的船！你把船送给了他。”卡特丽逼近了一些，面无表情的脸上，泪水无声无息流淌下来。她说：“你把船送给了他。那条船，本该是我来送的。这一点，你比谁都清楚。”

“不，”安娜急忙辩解道，“我完全不知道！”

“为马茨而战！那不是一个游戏，我是认真的！”

“我真的不知道，”安娜重复道，“你别这样，你吓到我了……”

“我知道，”卡特丽说，“你是很容易受惊吓的。你生性敏感，视金钱为粪土，你根本就不在意钱，随意挥霍，随意把玩，都无所谓。无论你怎么做，我们都应该让着你，顺着你的心意来，安娜。赠予别人礼物的感觉太好了，不是吗？特别是，馈赠的对象能够心怀感激，为这份惊喜兴奋不已，对吧？我和他生活了一辈子，我做任何事，都是为了让他开心。我把每一笔账都记录了下来，所有的数目都清清楚楚，一目了然，而且都是经过你同意，都是经过你认可的。不是吗？我曾有个想法……”

安娜突然感到一阵心悸，完全失控地大喊出声：“你不配有什么想法！马茨可以有想法，我也可以有。我们都在努力让生活走上正轨，而你只知道算计……你走。”

卡特丽沉默了。

安娜说：“我曾有个想法。是真的。可我现在已经没有想法了。你能让你的狗安静点吗？”

哦，安娜，你就随它叫去吧。让它哀嚎出一首悲歌，喟叹我的独断专行和自欺欺人，喟叹我无意识的残忍手段，喟叹我为了掩饰一意孤行而编造的借口，喟叹我的小心眼和愚蠢，刻在骨子里的愚蠢，无可救药的愚蠢，让它仰天狂吠，释放出一切情绪！因为你永远都不会知道，永远都不能明白我所付出的努力！

卡特丽来到海岸边，马茨迎面走了过来。他问："狗怎么叫个不停？"

她没有回答。

"它肯定是哪里不舒服。你打算怎么办？"

"不怎么办。"

"不怎么办？你这是什么话！你知道的，它能指望的就你一个！"

卡特丽说："马茨，我求求你了，别生气。至少现在别和我置气。"

"可看起来，你好像满不在乎……"

卡特丽摇了摇头。过了一会儿，她才继续说道："你看那边的石头，看着像不像花？"他们两个打量着岸边巨大的礁石，随着春天脚步的临近，冰封一点点瓦解，一块块礁石从冰层的裂缝中显露出来，突兀地呈现出炭黑的颜色，仿佛一片片巨大的花瓣。

卡特丽说得没错。那些石头就好像由海底绽放的墨色花朵，沿着海岸绵延开来，在冰层上投下狭长的阴影。夕阳西下，在海面上投射出一道耀眼的金色，直抵他们脚边。

“卡特丽，”马茨说，“我要给你看样东西。不过你得抓紧，没多少时间了。”

尽管已是傍晚时分，船坞中的光线却依然强烈，阳光洒在每一块打磨过的木头表面，包裹住每一件精细的工具，整个空间仿佛黑金般熠熠闪耀，泛出宁静而祥和的色泽。卡特丽注视着那条船，虽然还只是龙骨组成的一个架子，但它比任何东西都要闪亮。渐渐地，太阳沉入海平面之下，所有的色彩也黯然褪去。

“谢谢。”卡特丽说，“我能在这里多待一会儿吗？我知道要从下水的那一面出去。”

“嗯，那样最好。”马茨答道，“别忘了把门闩挂上。”

31

狗整整叫了一夜，有的时候都不是吠叫了，简直就是狼嚎。天蒙蒙亮的时候，卡特丽将它放了出去，狗飞奔着钻进了森林。没多久，叫声又从远处传了过来。

第二天，狗咬死了一只兔子。其实这也算不得什么大事，反正利耶贝里家的兔子就算不被咬死，过几天之后，按计划也要被杀掉的。当时他们正坐在厨房里吃晚饭，狗挠了挠门，马茨将它放了进来。狗径直跑到安娜脚边，将死兔子放了下来。安娜脸色变得煞白，手一软，勺子“哐当”一声掉进汤里。

“把它拿出去，”卡特丽说，“马茨。现在就去。”

安娜坐在椅子上，愣愣地盯着地板，上面并没留下多少血迹，只有殷红的几滴。卡特丽站起身，用餐巾纸盖在上面。然后走到安娜身边说：“没事的。没什么可担心的。”

“也许吧。”安娜说完，拿起勺子，舀起汤，慢慢送进嘴里，“你回去坐吧。”过了一会儿，她又补充道，“卡特丽，你对我真好。”

死兔子被扔到了冰面上。

32

狗还是这样，一到晚上就开始狂吠，有时它会跑到很远的地方，有时又在兔子屋周围溜达。到了早上，它的声音越发尖锐高亢。半夜的时候，它也会安静一段时间，对村里人来说，就算躺在床上也睡不踏实，不知道它什么时候会再嚎起来。人们私下都在说："你听见狗叫了没？感觉就好像森林里多了头狼。一个倒霉女人养了条倒霉的狗，一枪崩了才好呢。"卡特丽从不主动提起狗的事，她只是默默将食物和水都放在院子里。深夜时分，马茨偶尔坐在厨房窗口等它回来，他总是关着灯，开着门。白天的时候，他只见到狗出现过一次。马茨慢慢从台阶上走下去，想让狗进家门。可狗一下子就跑进森林里去了。之后，他也就随它去了。

一个礼拜天，尼高家的老太太登门拜访。她烤了新鲜的面包，用手帕包着，还热乎乎的。她说："艾梅林小姐，如果卡特丽不介意的话，我想和你单独聊聊。我知道，你们平常都习惯坐在一起。”等入座后，尼高家的老太太立刻切入正题，“艾梅林小姐，我比你年长几岁，所以别人说不出口的话，我还是有资格评价几句的。村里现在流言蜚语不少，所以我想最好亲自走访一趟，听听你自己怎么说，兔子屋里究竟发生了什么？”

“他们说了什么？”安娜迅速问道，“他们都是怎么说我的？是从杂货店老板那儿传出来的吗？”

“艾梅林小姐，别这么激动……”

“我就知道，”安娜打断她的话头，“是他，就是他。他心术不正，根本就不值得信任。”安娜的脸上泛起了红晕，她向客人凑近了些，眼神也变得犀利起来，“难道不是吗，你老实说了吧，就是他。要么就还有利耶贝里。他们不老实。他们骗了马茨。马茨一直都被克扣工资，这事大家都知道。你说的那些流言蜚语，都和船有关，对吧？”

尼高家的老太太沉默良久，最后严肃地说：“我之前就隐约感觉到，你们这儿有点不对劲。现在看来，我的预感是对的。听我说，我亲爱的朋友。我们只想知道你是否一切都好。对了，狗怎么总是叫？”

安娜将咖啡杯挪开了一些。“不好意思，”她说，

“其实我从来就没喜欢过咖啡，以前我喜欢，那也是我以为自己喜欢……我不知道。我不知道为什么狗叫个不停。我不想谈这事。”

“安娜小姐，那条船是你送的礼物吗？”

“不是，那是卡特丽的礼物。”

“这样啊，是卡特丽的。她应该盘算了很久吧，没准把棺材本都掏出来了。”

“你问我？”安娜突然暴躁起来，“卡特丽是攒了很久的钱，不过每一笔账都记得清清楚楚！”

尼高家的老太太缓缓点了点头。“嗯，嗯，”她说，“不是所有人都善于动脑筋的。”

安娜的口吻依然急切而烦躁：“卡特丽是真诚的！她是唯一一个值得信赖的人！”

“可你情绪干吗这么激动？我们大家都知道，卡特丽·克林是个勤奋能干的姑娘，亲爱的小安娜……”

安娜再次打断她：“别叫我什么亲爱的，小什么的……等等，等一下，其实也没什么……”过了一会儿，她解释说大概是年纪的缘故，她动不动就会流眼泪……当然春天的阳光也刺眼。“再加点咖啡吗？”

“不用了，谢谢。这样就挺好。”

尼高家的老太太静静坐着，双手抱在胸前。最后还是安娜打破了沉默，开始絮絮叨叨地说起，长时间以来困扰她的那些事；她居然开始说别人的坏话了。“我以前从不这样，”她说，“相信我，我从没干过这种事。有人还专门和我妈妈说：‘你女儿很特别，她从不说别人不好。’我记得，我记得很清楚。可是为什么呢？我真的信任他们吗？还是说我只是善于原谅？”

“说起来，”尼高家的老太太说，“这雪下得，实在太久太久了，对吧？”

“但你很容易相信别人，是吧？”

“应该是吧。有什么好怀疑的呢？诚然，我们总会时不时听见关于别人的八卦，包括他们的言行举止有什么不妥的地方，可烦恼终究是别人的。就算他们说的不是真心话，我们有必要增加自己的心理负担吗？”

安娜说：“天快黑了。我就不耽误你太长时间了。”

“我倒是不着急，”尼高家的老太太说，“时间过得是快是慢，也不是我说了算的。不过我的确该回去了。话一下子说太多，可得留神着点。”

就在当天晚上，狗停止了吠叫。

33

春天的脚步越来越近了。这段日子以来，树下的土壤被阳光的暖意滋润着，越发黝黑油亮起来。夜幕幽蓝，夜凉如水。这是一个美丽动人的季节。船已经快要完工了，但兔子屋里，大家都绝口不提。南迁的欧绒鸭已经陆续返回栖居地。一天夜里，海面上刮来了阵阵的晚风，卡特丽躺在床上静静聆听，回想起往年的春夜，她会漫步在岸边，等待破冰的时分。那时她年纪还很小，海鸥飞来的时候，她总会迫不及待地奔出去等着，这么多年，它们的回归几乎都发生在同一天的晚上。

对，它们总是在晚上飞回来。卡特丽也总是伫立在岸边，孤零零地守着这片大地，瑟瑟发抖地捕捉着任何轻微的动静。那时的她，和现在一样充满耐心。而我那时的想法和愿景，也和现在一样宏大。当时我就想，一定要走向远方，征服这个广阔的世界，虽然目标还不明确，但意志很坚定。而现在，我已经很清楚该如何行动。

卡特丽怎么都睡不着。天蒙蒙亮，她起身穿好衣服,走了出去。风还在呼呼吹着,但温度并不寒冷。太阳已经跃出了海平面，无色的透明光线笼罩住整个天空。卡特丽站在码头边，看着黑色的冰块随着海浪的翻涌不断拱起、弯曲，缓慢地起起伏伏。

冰面仍然坚固，但随时可能崩裂瓦解。远处的海面想必已经完全解冻，很快船只就能下水。对了，关于船的事，他为何绝口不提?

卡特丽朝着灯塔的方向走去，半路上，她突然瞥见了狗的身影，它正在森林中逡巡，不远不近地跟着她。在抵达岬角的时候，狗却突然不见了踪影。卡特丽拾级而上，来到上了锁的灯塔门口。阳光直射进她的眼睛，岸边的冰层已经碎裂开来，薄薄的碎片撞击在礁石上，发出沉闷的声响，进一步变得粉身碎骨。海面上漆黑一片。

攻击来得悄无声息，但卡特丽能清楚感觉到狗的凶猛和杀心。狗冲她扑来的时候，卡特丽连连后退，用背抵住灯塔的墙壁，抬起胳膊挡住了脸。狗的一跃郑重而直接，仿佛释放出所有压抑已久的力量。就在一瞬间，狗的喘息笼罩住她的喉咙，释放出团团灼热，随着狗沉重的身躯向后退去，它的爪子在水泥地上扯出深深的抓痕。他们静静站着，凝视着彼此，两双眼睛都泛着浓郁的黄色。最后，狗耷拉着耳朵，拖着尾巴，猛一转身，朝着东边跑去，离开了村子。

卡特丽回家的时候，马茨正站在后院里劈柴。他赶紧问了一句："出什么事了？"

"没什么。"

"谁把你的大衣撕坏了？"

"是狗。但它也没伤到我，没出什么事。"

马茨走到她面前。"你总是说'没事，没出什么事'。那狗呢？"

"狗跑掉了。"

"太糟了，它这一跑，没准再也不会回来了。真到了野外,它是活不下去的。你还说没出什么事。"

"随它去吧。"卡特丽说，"你想让我怎么办？"

"上点心吧！"马茨脱口而出，"你应该上点心的！这可是你的狗啊。结果你倒好，生生把它吓跑了。"

"马茨，"卡特丽说，"别唠唠叨叨的。你和安娜待在一起的时间太久了。当心点，现在她对你来说，一点好处都没有。”卡特丽并没有就此打住，而是越发激动起来，冲着亲爱的弟弟大吼大叫，“你想怎样？你到底想怎样？我没努力过吗？我做成了一笔最真诚不过的买卖。我试着提供过保护，那个没有安全感、没有方向、一无所有的家伙，是我给了它遮风避雨的地方！我提供的不只是安全感，还有规矩和命令。你觉得呢？难道你没看到，我是如何带着狗穿过整个村子的？我和它就好像融为一体，而狗活像个国王一样，脸上写满了骄傲和自信！我们经过的时候，那些野种都不敢吭声。我们彼此信任，彼此依靠，绝不会让对方陷入困境，我们是一个整体，我还指望着……”

“你指望什么？”

“我不知道，”卡特丽说，“或许你会信任我，会相信我说的话。劈好柴后，记得去房子后面，拿块板子把它们盖上。”

卡特丽走进门厅，脱掉外套，将它塞进工具间的最里面，那是艾梅林一家存放冬靴的地方。

34

一天天过去，夜色越发明亮，黑夜的时间也越发短暂。卡特丽总也睡不着。最后，她索性拿了块毛毯挂在窗户上，可还是无济于事。她知道，外面就是春夜，只有在漆黑一团中，她才能安枕无忧。而明亮的夜晚，只会让她忧思难眠。

为什么马茨对我如此反感。他真的不理解吗？他应该知道，一直以来，我有多么努力。我的一言一行都经过深思熟虑，经得起最严苛的审视。倘若一个人已经竭尽全力，那么他的动机、他的意图不才是最重要的吗？不应该比最终的结果更值得关注吗？如果一个人已经使出浑身解数，承担起责任，提供庇护，不给别人丝毫的可乘之机……那些享受依赖的被保护者想必能够获得内心的安宁，也应该无条件地信任对方——那个唯一能够做出决策、提供指导、给予安全感的心灵导师，这一点显而易见……大半夜的，狗跑到哪儿去了？它不再信任任何人，以至于变得像狼一样危险。但狼的适应能力更强，它们总是成群结队地行动，只有孤独的狼才会被赶尽杀绝……

卡特丽走到院子里。狗早已经没了踪影，她留在那里的食物也没有动过的痕迹。厨房里亮着灯。安娜打开窗，喊道："卡特丽？是你吗？剩下的肉丸你放哪儿了？"

"冰箱下面，靠右侧。一个四四方方的塑料盒子里。"

安娜说："你也睡不着吗？"

"嗯。天色这么亮，我得适应一段时间。"

"以前，我很喜欢这样。"安娜说，"那时，很多东西我都很喜欢。"她的声音变得异常冰冷。

"你说你年轻的时候。"

"还不至于，"安娜说，"也就是不久前的事。对了，我现在突然没了胃口。你把外面的吃的拿回来吧，狗不会回来了。它想要自由，不想留在你身边了。"说完，安娜熄了厨房的灯。海上的夜色正亮，明晃晃的光透过窗户，将客厅照得亮堂堂的。卡特丽走到安娜身后，说："安娜？等一下，先别走。你能告诉我，你究竟怎么了吗？"见安娜没有回答，卡特丽继续说，“你明白我的意思吗？”

“嗯，我明白。”安娜答道。她的声音完全变了腔调，充满了同情和怜悯。“我明白你的意思。要说我怎么了，我只能告诉你，我再也看不见这片大地了。”说完，安娜走回自己的房间，关上了门。

35

一个美丽而宁静的春日清晨，马茨走进客厅，宣布道："你们可以来参观了。我们把船坞整个打扫了一遍，而且今天也不开工。"他情绪很高。去的路上，马茨一直在向卡特丽和安娜解释，利耶贝里兄弟从不展示半成品，在船只做好下水准备前，就连预订的客户也不得入内。"当然了，设计图纸是另一码事，如果光是设计图的话，想看多少遍都行。至于最后呈现出的实物嘛，那就只能信任他们了。这就是工匠和买家之间的区别。"他们进入船坞后，利耶贝里兄弟站在一旁，礼节性地打了个招呼，然后就将展示和介绍的程序交给马茨负责。马茨年轻气盛，不免浮躁，还做不到一名成熟的手工艺者所应保持的低调。船坞的地板擦洗得干干净净，每样工具都摆放得整整齐齐。船就立在船坞正中央，船帮上刻着韦斯特村的首字母 W 作为标记。马茨先是用很快的语速将所有的机械构造都介绍了一遍，然后带领卡特丽和安娜绕船一周，着重讲述那些构思巧妙、设计独到的细节。卡特丽和安娜很少插话，聚精会神地聆听着讲解，时不时点头，仿佛面对一件大师的杰作。最后他们站在船尾附近，马茨终于沉默了下来。

“不错嘛，”爱德华·利耶贝里边说边走了过来，“目前的进展，想必各位都已经很了解了。过不了多久，船就可以顺利下水了。现在，就只有一件重要的事情，我要征求各位的意见。船的命名。你们想给它起个什么名字？”

谁都没有吭声。最后安娜将手放在尾舵上，说道：“这条船应该叫卡特丽号。卡特丽很适合当作船名。再说了，这也是卡特丽送给马茨的礼物。”

“听着确实不错。”爱德华说，“等到正式命名的那一天，我们应该喝一杯庆祝一下。”他的几个弟弟纷纷走过来，和马茨握了握手，然后七嘴八舌地讨论起来，船名应该刻在船体的什么位置比较合适，是锻造黄铜字母镶嵌上去，还是直接雕刻在木头上。安娜突然问了一句：“卡特丽去哪儿了？”

“可能已经走了。”利耶贝里兄弟中的一个说道。他说，自己以为卡特丽至少会多待一会儿，和大家打个招呼再走的。毕竟，用自己的名字命名一条船，这种事情也不是每天都发生的。

爱德华说："今天就先到这儿吧，各位放个假。既然大家都没意见，那也算是皆大欢喜吧。"

安娜和马茨往家走去。上山的岔路满是泥泞，他们踩了一脚的泥巴。

"歇会儿吧。"安娜提议，"这条路真是一年不如一年。越来越难走了。"

马茨犹豫地说："有件事我不太明白。那天晚上我们聊起船的事，艾梅林小姐说过……"

安娜打断了他的话头："我说过好多话，你不可能把每一句都当真。有些话，我就是头脑发热，说过就算了的。为了送你这条船，你姐姐可是攒了好久的钱。还有，别叫我艾梅林小姐了，我叫安娜。现在你别胡思乱想了，担心些有的没的，你还是好好想想船舱里要怎么布置、工具箱要放哪儿、船下水之后是怎么个打算。"

一回到房间，卡特丽就看见了船只模型。马茨将那只小小的船摆在了窗台上，正对着外面的天空。卡特丽关了门，走了过去。模型精致小巧，完美还原了每一处细节。马茨一定花了好长时间才做好。

他用了同样的木材，等比例缩小了船舱、发动机和工具箱。船名就镌刻在船舷上，用的是古典的花体字：卡特丽。

他们回来了。安娜回了自己房间，马茨上了楼。卡特丽听见他的脚步声，很想迎出去和他说些什么，可她只觉得尴尬，大脑一片空白，根本不知道该说什么。就在他关门前的一瞬间，卡特丽突然跑了出来，紧紧将他拥入怀中。那一刻，他们两个什么都没说。这还是第一次，卡特丽勇于拥抱自己的弟弟。

到了下午，风停了，外面安静下来，只有偶尔的狗吠声从村里传来。安娜的房间里一整天都是静悄悄的。

我知道，她又回房间躺下了，严严实实地裹着被子，靠睡觉打发时间。因为她再也看不见这片大地了，所以她做什么都没有兴趣。她将我拖进泥沼，她，安娜·艾梅林，成了我的累赘和负担。我还记得很久以前家里养的一条狗。因为咬死了一只鸡，村里人将死鸡绑在狗的脖子上，让它拖着走了一整天，直到它筋疲力尽，躺在地上一动不动，紧紧闭上眼睛，陷入难堪之中。那真是太残忍了，一想到那个场景，我就于心不忍……这种事还会再有吗，可能吧。她以为，她才是唯一一个受累的人吗？就因为世界不像她想象中那样，所以就可以蜷缩在被窝里，自暴自弃？这一切难道都怪我吗？！就算假装视而不见，那能维持多久呢？这个安娜·艾梅林，她到底在期待什么，她指望我还能再做什么……如果她真的是她自以为的那种人，那么这件事确实是错了，我所说的、所做的一切，试图让她意识到的真相，都被打上了可耻的烙印。但事实是，她的天真早已荡然无存，而她自己浑然不觉。尽管她是食草动物，却以食肉动物的姿态行走于世。她对此毫无察觉，当然也没有人据实以告，或许大家对她的关心程度，还不足以让人们鼓起勇气坦白。我该怎么办？还有多少真相等待揭晓，又该如何证明？要实现自己的目的，难道只能通过自欺欺人的方式？一切都只凭结果说话吗？我已经没有了答案。

安娜用手杖敲着天花板，怒气冲冲地敲了好多次。卡特丽下楼走进她房间的时候，安娜正坐在床上，紧紧拥着被子。“你在上面干什么？”她问，“你跺着脚，来来回回地走了好几个小时！我还要睡觉呢！”

“我知道，”卡特丽答道，“你只会睡觉。你总是一直睡啊睡的。就因为现在的一切和你想象中迥然不同，所以你就靠睡觉打发时间，可你觉得，我心里会好受吗？”

“你这话什么意思？”安娜说，“你又想要编一通长篇大论来教训我吗？这屋子里就没有半刻安生的时候。怎么，对他的船，你不高兴吗？”

“怎么会，安娜，我当然高兴。你为人非常高尚，或者说，你做事非常讲究公平。”

“那不就得了，”安娜不耐烦地说，“我想睡觉又碍着你什么事了？现在可好，被你这么一搅和，我彻底醒了。坐吧，别急，慢慢说，究竟哪儿不对劲？”

“有件事我必须告诉你。很重要。”

“又是关于橡胶联盟协会的事吗？”安娜插了一句。

“不，比这个重要。听我说，仔细听好了。我对你没有做到坦诚以待。你要知道，从一开始我就骗了你。我告诉你关于其他人的那些事，都不是真的。我犯了错，现在必须亲口向你承认错误。当然了，事到如今也于事无补，但错还是要认的。”卡特丽的语速非常快，她站在门口，目光避开安娜，牢牢地盯着墙角。

“有意思。”安娜说，“非常有意思。”她站起身，拉了拉睡裙的裙摆，将被子放好，“你真让人出乎意料。有时候我觉得，你恐怕是全世界最正经、最严肃的人了。其他人闲聊八卦的时候，你只会一板一眼地陈述事实。你身上唯一有趣的地方，就在于你会突然冒出一句，让人大跌眼镜，完全颠覆原先的认知。所以，你现在是在和我逗着玩吗？”

“不是。”卡特丽不苟言笑。

“你刚才说的话，你能再说一遍吗？”

“不了。”

“你说，你骗了我。”

“对。”

“什么意思？”

“意思是，”卡特丽像是鼓足了很大勇气，艰难地开了口，“意思是，那些人都没有骗过你。包括和你打交道的那些人，给你写信、和你谈业务的那些人。他们从没骗过你。你可以像原来一样，完完全全地信任他们。”

“坐下来，抽根烟吧。”安娜说，“别杵在那儿，愁眉苦脸的。烟灰缸在那儿。所以你说的那些人，也包括，比如说杂货店老板和利耶贝里？”

“对。”

“还有无辜的松德布卢姆夫人？”安娜说完，忍不住笑了起来。

“安娜，这是严肃的事，这很重要。”

安娜突然换上恶狠狠的口吻，继续道：“很重要？你说的重要是什么意思？很要紧？很有意义？你指的是塑胶公司吗？这么说来，他们也没骗过我喽？他们和我的出版社一样，心地善良，毫无恶意？所以，那些天真无邪的孩子，一遍遍求着我回信、求着我画画的孩子，也和他们一样是吧……你到底在说什么？你究竟想要告诉我什么？”

“安娜，我求你了。”

“他们都没骗过我？一个都没有？”

“没有。”

“你真是个奇怪的人，”安娜说，“你当着我的面，一笔笔把账算给我看，证明你的结论。你把每个人都说得十恶不赦，等我相信后，你又跑过来说，你好容易鼓起勇气，坦诚一切都是个错误？你干吗要这么做？”

她们走到墙边的小圆桌边，面对面坐下。安娜目不转睛地打量着卡特丽，突然有种感觉，她这辈子还从没见过任何一个人，像卡特丽·克林这样悲伤。她问：“你这么做，是想让我心里好受点吗？”

“你误会了，”卡特丽说，“你要相信一件事，我从不会故意让谁心里好受点。我说过的话，你让我原原本本重复几遍都行，我会说到你信我为止。”

“可那样一来，我反而再也不会信你了。”

“也是，你说得对。”

安娜凑近了些，说道：“卡特丽，你好像有点，怎么说呢，”她在脑海中搜寻着合适的词汇，然后继续道，“太绝对了。感觉你就是在钻牛角尖。要么你回房间稍微歇一会儿？”她将手放在卡特丽的额头上，“哪怕眯一两个小时，等你休息好了，我们再接着聊。”

“太绝对了？”卡特丽重复道，“我在钻牛角尖？”她掐灭了烟头，说道，“要说有谁太绝对了，那也是你。一旦认定了结果，你总是不达目的不罢休。这点我很清楚。算了，我写信和你说好了。”

“别再搞什么信了……”

“就一封。而且你不许把信胡乱往抽屉里一塞。我会证明给你看，我之前犯了错。你不是也说过吗，我会当着你的面，一笔笔把账算给你看，证明我的结论。等我把细节一个个列出来，你就会相信，我之前的确骗了你。”

“卡特丽，”安娜说，“你能回房间歇一会儿吗？你都忙了一天了。”

“嗯，”卡特丽说，“我确实忙了一天。我走了。”

36

卡特丽回到自己的房间，从床底下拖出行李箱。她打开箱子，久久坐在床边，聆听着周围的动静。夜晚静谧而安宁，但这片宁静并没有帮助她厘清思绪，自己究竟要做什么，她依然茫然不知。语言和画面，那些说不出口的话或脱口而出的话，那些辨认不清的画面和过于清晰的画面，在她脑海中交织着、穿梭着，最后留下的只有卡特丽的狗。一条像狼一样，不停奔跑、未曾停歇的狗。

37

这是一个经过谨慎选择的、意义重要的清晨，安娜一大早就出门开工。她提前一天就选好了地方，摆好了小板凳，板凳要足够低才行，这样她才能够得着颜料盘和水杯。安娜没有支画架，在她看来，画架未免太张扬、太显眼了。她想要尽可能低调地工作。她将画纸铺在画板上，用胳膊紧紧夹住。这样既趁手又方便。对画画来说，清晨和傍晚的光线是最好的，一切景物的颜色也会显得深邃浓郁，不过这绝好时机转瞬即逝，必须抓紧时间捕捉住色调的精髓。

安娜静静坐着，等待着晨雾慢慢掠过森林。她需要彻底的静谧。阳光一寸寸扩散开来，笼罩过大地，水汽氤氲，天色渐明，万物复苏。很难想象，那些花兔子曾如此肆意地惊扰过这片土地。

明室
Lucida

照亮阅读的人

主　　编　陈希颖
副 主 编　赵　磊
策划编辑　赵　磊
特约编辑　李洛宁
营销编辑　崔晓敏　张晓恒　刘鼎钰
设计总监　山　川
装帧设计　山川制本 workshop
责任印制　耿云龙
内文制作　丝　工

版权咨询、商务合作：contact@lucidabooks.com

上海光之室文化传播有限公司　Shanghai Lucidabooks Co., Ltd.

图书在版编目（CIP）数据

真诚的骗子 / (芬) 托芙·扬松著 ; 王梦达译 .
北京 : 北京联合出版公司 , 2025. 5. -- ISBN 978-7
-5596-8154-6

Ⅰ . I531.45

中国国家版本馆 CIP 数据核字第 2024H4F544 号

北京市版权局著作权合同登记号 图字：01-2025-0243 号

真诚的骗子

作　　者：［芬］托芙·扬松
译　　者：王梦达
出 品 人：赵红仕
策划机构：明　室
策划编辑：赵　磊
特约编辑：李洛宁
责任编辑：徐　鹏
装帧设计：山川制本 workshop

北京联合出版公司出版
（北京市西城区德外大街 83 号楼 9 层　100088）
北京联合天畅文化传播公司发行
北京市十月印刷有限公司印刷　新华书店经销
字数 108 千字　787 毫米 ×1092 毫米　1/32　7 印张
2025 年 5 月第 1 版　2025 年 5 月第 1 次印刷
ISBN 978-7-5596-8154-6
定价：58.00 元